Johann Wolfgang Goethe

Der Mann von funfzig Jahren

Novelle

Johann Wolfgang Goethe: Der Mann von funfzig Jahren. Novelle

Entstanden im Juni 1807. Erstdruck 1817 in »Cottas Taschenbuch für Damen«. In der hier wiedergegebenen Fassung erstmals erschienen in »Wilhelm Meisters Wanderjahre«, 1829.

Neuausgabe mit einer Biographie des Autors
Herausgegeben von Karl-Maria Guth
Berlin 2016

Der Text dieser Ausgabe folgt:
Goethes Werke. Hamburger Ausgabe in 14 Bänden. Textkritisch durchgesehen und mit Anmerkungen versehen von Erich Trunz, Hamburg: Christian Wegener, 1948 ff.

Die Paginierung obiger Ausgabe wird hier als Marginalie zeilengenau mitgeführt.

Umschlaggestaltung von Thomas Schultz-Overhage unter Verwendung des Bildes: Johann Friedrich Bury, Porträt des Johann Wolfgang von Goethe (im Alter von fünfzig Jahren)

Gesetzt aus der Minion Pro, 11 pt

Verlag: Henricus - Edition Deutsche Klassik GmbH
Mörchinger Str. 33, 14169 Berlin, info@henricus-verlag.de
Druck: Libri Plureos GmbH, Friedensallee 273, 22763 Hamburg

Die Ausgaben der Sammlung Hofenberg basieren auf zuverlässigen Textgrundlagen. Die Seitenkonkordanz zu anerkannten Studienausgaben machen Hofenbergtexte auch in wissenschaftlichem Zusammenhang zitierfähig.

ISBN 978-3-8430-9019-3

Bibliografische Information der Deutschen Nationalbibliothek

Die Deutsche Nationalbibliothek verzeichnet diese Publikation in der Deutschen Nationalbibliografie; detaillierte bibliografische Daten sind im Internet über www.dnb.de abrufbar.

Der Major war in den Gutshof hereingeritten, und Hilarie, seine Nichte, stand schon, um ihn zu empfangen, außen auf der Treppe, die zum Schloß hinaufführte. Kaum erkannte er sie; denn schon war sie wieder größer und schöner geworden. Sie flog ihm entgegen, er drückte sie an seine Brust mit dem Sinn eines Vaters, und sie eilten hinauf zu ihrer Mutter.

Der Baronin, seiner Schwester, war er gleichfalls willkommen, und als Hilarie schnell hinwegging, das Frühstück zu bereiten, sagte der Major freudig: »Diesmal kann ich mich kurz fassen und sagen, daß unser Geschäft beendigt ist. Unser Bruder, der Obermarschall, sieht wohl ein, daß er weder mit Pächtern noch Verwaltern zurechtkommt. Er tritt bei seinen Lebzeiten die Güter uns und unsern Kindern ab; das Jahrgehalt, das er sich ausbedingt, ist freilich stark; aber wir können es ihm immer geben: wir gewinnen doch noch für die Gegenwart viel und für die Zukunft alles. Die neue Einrichtung soll bald in Ordnung sein. Da ich zunächst meinen Abschied erwarte, so sehe ich doch wieder ein tätiges Leben vor mir, das uns und den Unsrigen einen entschiedenen Vorteil bringen kann. Wir sehen ruhig zu, wie unsre Kinder emporwachsen, und es hängt von uns, von ihnen ab, ihre Verbindung zu beschleunigen.«

»Das wäre alles recht gut«, sagte die Baronin, »wenn ich dir nur nicht ein Geheimnis zu entdecken hätte, das ich selbst erst gewahr worden bin. Hilariens Herz ist nicht mehr frei; von der Seite hat dein Sohn wenig oder nichts zu hoffen.«

»Was sagst du?« rief der Major; »ist's möglich? indessen wir uns alle Mühe geben, uns ökonomisch vorzusehen, so spielt uns die Neigung einen solchen Streich! Sag' mir, Liebe, sag' mir geschwind, wer ist es, der das Herz Hilariens fesseln konnte? Oder ist es denn auch schon so arg? Ist es nicht vielleicht ein flüchtiger Eindruck, den man wieder auszulöschen hoffen kann?«

»Du mußt erst ein wenig sinnen und raten«, versetzte die Baronin und vermehrte dadurch seine Ungeduld. Sie war schon aufs höchste gestiegen, als Hilarie, mit den Bedienten, welche das Frühstück trugen, hereintretend, eine schnelle Auflösung des Rätsels unmöglich machte.

Der Major selbst glaubte das schöne Kind mit andern Augen anzusehn als kurz vorher. Es war ihm beinahe, als wenn er eifersüchtig auf den Beglückten wäre, dessen Bild sich in einem so schönen Gemüt hatte eindrücken können. Das Frühstück wollte ihm nicht schmecken, und er bemerkte nicht, daß alles genau so eingerichtet war, wie er es am liebsten hatte und wie er es sonst zu wünschen und zu verlangen pflegte.

Über dieses Schweigen und Stocken verlor Hilarie fast selbst ihre Munterkeit. Die Baronin fühlte sich verlegen und zog ihre Tochter ans Klavier; aber ihr geistreiches und gefühlvolles Spiel konnte dem Major kaum einigen Beifall ablocken. Er wünschte das schöne Kind und das Frühstück je eher je lieber entfernt zu sehen, und die Baronin mußte sich entschließen, aufzubrechen und ihrem Bruder einen Spaziergang in den Garten vorzuschlagen.

Kaum waren sie allein, so wiederholte der Major dringend seine vorige Frage; worauf seine Schwester nach einer Pause lächelnd versetzte: »Wenn du den Glücklichen finden willst, den sie liebt, so brauchst du nicht weit zu gehen, er ist ganz in der Nähe: dich liebt sie.«

Der Major stand betroffen, dann rief er aus: »Es wäre ein sehr unzeitiger Scherz, wenn du mich etwas überreden wolltest, das mich im Ernst so verlegen wie unglücklich machen würde. Denn ob ich gleich Zeit brauche, mich von meiner Verwunderung zu erholen, so sehe ich doch mit einem Blicke voraus, wie sehr unsere Verhältnisse durch ein so unerwartetes Ereignis gestört werden müßten. Das einzige, was mich tröstet, ist die Überzeugung, daß Neigungen dieser Art nur scheinbar sind, daß ein Selbstbetrug dahinter verborgen liegt, und daß eine echte, gute Seele von dergleichen Fehlgriffen oft durch sich selbst oder doch wenigstens mit einiger Beihülfe verständiger Personen gleich wieder zurückkommt.«

»Ich bin dieser Meinung nicht«, sagte die Baronin, »denn nach allen Symptomen ist es ein sehr ernstliches Gefühl, von welchem Hilarie durchdrungen ist.«

»Etwas so Unnatürliches hätte ich ihrem natürlichen Wesen nicht zugetraut«, versetzte der Major.

»Es ist so unnatürlich nicht«, sagte die Schwester. »Aus meiner Jugend erinnere ich mich selbst einer Leidenschaft für einen ältern Mann, als du bist. Du hast funfzig Jahre; das ist immer noch nicht gar zu viel für einen Deutschen, wenn vielleicht andere, lebhaftere Nationen früher altern.«

»Wodurch willst du aber deine Vermutung bekräftigen?« sagte der Major.

»Es ist keine Vermutung, es ist Gewißheit. Das Nähere sollst du nach und nach vernehmen.«

Hilarie gesellte sich zu ihnen, und der Major fühlte sich, wider seinen Willen, abermals verändert. Ihre Gegenwart deuchte ihn noch lieber und werter als vorher; ihr Betragen schien ihm liebevoller, und schon fing er an, den Worten seiner Schwester Glauben beizumessen. Die Empfindung war für ihn höchst angenehm, ob er sich gleich solche weder gestehen noch erlauben wollte. Freilich war Hilarie höchst liebenswürdig, indem sich in ihrem Betragen die zarte Scheu gegen einen Liebhaber und die freie Bequemlichkeit gegen einen Oheim auf das innigste verband; denn sie liebte ihn wirklich und von ganzer Seele. Der Garten war in seiner vollen Frühlingspracht, und der Major, der so viele alte Bäume sich wieder belauben sah, konnte auch an die Wiederkehr seines eignen Frühlings glauben. Und wer hätte sich nicht in der Gegenwart des liebenswürdigsten Mädchens dazu verführen lassen!

So verging ihnen der Tag zusammen; alle häuslichen Epochen wurden mit der größten Gemütlichkeit durchlebt; abends nach Tisch setzte sich Hilarie wieder ans Klavier; der Major hörte mit andern Ohren als heute früh; eine Melodie schlang sich in die andere, ein Lied schloß sich ans andere, und kaum vermochte die Mitternacht die kleine Gesellschaft zu trennen.

Als der Major auf seinem Zimmer ankam, fand er alles nach seiner alten, gewohnten Bequemlichkeit eingerichtet; sogar einige Kupferstiche, bei denen er gern verweilte, waren aus andern Zimmern herübergehängt; und da er einmal aufmerksam geworden war, so sah er sich bis auf jeden einzelnen kleinen Umstand versorgt und geschmeichelt.

Nur wenig Stunden Schlaf bedurfte er diesmal; seine Lebensgeister waren früh aufgeregt. Aber nun merkte er auf einmal, daß eine neue Ordnung der Dinge manches Unbequeme nach sich ziehe. Er hatte seinem alten Reitknecht, der zugleich die Stelle des Bedienten und Kammerdieners vertrat, seit mehreren Jahren kein böses Wort gegeben: denn alles ging in der strengsten Ordnung seinen gewöhnlichen Gang; die Pferde waren versorgt und die Kleidungsstücke zu rechter Stunde gereinigt; aber der Herr war früher aufgestanden, und nichts wollte passen.

Sodann gesellte sich noch ein anderer Umstand hinzu, um die Ungeduld und eine Art böser Laune des Majors zu vermehren. Sonst war 170 ihm alles an sich und seinem Diener recht gewesen; nun aber fand er sich, als er vor den Spiegel trat, nicht so, wie er zu sein wünschte. Einige graue Haare konnte er nicht leugnen, und von Runzeln schien sich auch etwas eingefunden zu haben. Er wischte und puderte mehr als sonst und mußte es doch zuletzt lassen, wie es sein konnte. Auch mit der Kleidung und ihrer Sauberkeit war er nicht zufrieden. Da sollten sich immer noch Fasern auf dem Rock und noch Staub auf den Stiefeln finden. Der Alte wußte nicht, was er sagen sollte, und war erstaunt, einen so veränderten Herrn vor sich zu sehen.

Ungeachtet aller dieser Hindernisse war der Major schon früh genug im Garten. Hilarien, die er zu finden hoffte, fand er wirklich. Sie brachte ihm einen Blumenstrauß entgegen, und er hatte nicht den Mut, sie wie sonst zu küssen und an sein Herz zu drücken. Er befand sich in der angenehmsten Verlegenheit von der Welt und überließ sich seinen Gefühlen, ohne zu denken, wohin das führen könne.

Die Baronin gleichfalls säumte nicht lange zu erscheinen, und indem sie ihrem Bruder ein Billet wies, das ihr eben ein Bote gebracht hatte, rief sie aus: »Du rätst nicht, wen uns dieses Blatt anzumelden kommt.« – »So entdecke es nur bald!« versetzte der Major; und er erfuhr, daß ein alter theatralischer Freund nicht weit von dem Gute vorbeireise und für einen Augenblick einzukehren gedenke. »Ich bin neugierig, ihn wiederzusehen«, sagte der Major; »er ist kein Jüngling mehr, und ich höre, daß er noch immer die jungen Rollen spielt.« – »Er muß um zehn Jahre älter sein als du«, versetzte die Baronin. – »Ganz gewiß«, erwiderte der Major, »nach allem, was ich mich erinnere.«

Es währte nicht lange, so trat ein munterer, wohlgebauter, gefälliger Mann herzu. Man stutzte einen Augenblick, als man sich wiedersah. Doch sehr bald erkannten sich die Freunde, und Erinnerungen aller Art belebten das Gespräch. Hierauf ging man zu Erzählungen, zu Fragen und zu Rechenschaft über; man machte sich wechselsweise mit den gegenwärtigen Lagen bekannt und fühlte sich bald, als wäre man nie getrennt gewesen.

Die geheime Geschichte sagt uns, daß dieser Mann in früherer Zeit, 171 als ein sehr schöner und angenehmer Jüngling, einer vornehmen Dame zu gefallen das Glück oder Unglück gehabt habe; daß er dadurch in große Verlegenheit und Gefahr geraten, woraus ihn der Major eben im Augenblick, als ihn das traurigste Schicksal bedrohte, glücklich herausriß. Ewig blieb er dankbar, dem Bruder sowohl als der Schwester; denn diese hatte durch zeitige Warnung zur Vorsicht Anlaß gegeben.

Einige Zeit vor Tische ließ man die Männer allein. Nicht ohne Bewunderung, ja gewissermaßen mit Erstaunen hatte der Major das äußere Behaben seines alten Freundes im ganzen und einzelnen betrachtet. Er schien gar nicht verändert zu sein, und es war kein Wunder, daß er noch immer als jugendlicher Liebhaber auf dem Theater erscheinen konnte. – »Du betrachtest mich aufmerksamer als billig ist«, sprach er endlich den Major an; »ich fürchte sehr, du findest den Unterschied gegen vorige Zeit nur allzu groß.« – »Keineswegs«, versetzte der Major, »vielmehr bin ich voll Verwunderung, dein Aussehen frischer und jünger zu finden als das meine; da ich doch weiß, daß du schon ein gemachter Mann warst, als ich, mit der Kühnheit eines wagehalsigen Gelbschnabels, dir in gewissen Verlegenheiten beistand.« – »Es ist deine Schuld«, versetzte der andere, »es ist die Schuld aller deinesgleichen; und ob ihr schon darum nicht zu schelten seid, so seid ihr doch zu tadeln. Man denkt immer nur ans Notwendige; man will sein und nicht scheinen. Das ist recht gut, solange man etwas ist. Wenn aber zuletzt das Sein mit dem Scheinen sich zu empfehlen anfängt und der Schein noch flüchtiger als das Sein ist, so merkt denn doch ein jeder, daß er nicht übel getan hätte, das Äußere über dem Innern nicht ganz zu vernachlässigen.« – »Du hast recht«, versetzte der Major und konnte sich fast eines Seufzers nicht enthalten. – »Vielleicht nicht ganz recht«, sagte der bejahrte Jüngling; »denn freilich bei meinem Handwerke wäre es ganz unverzeihlich, wenn man das Äußere nicht so lange aufstutzen wollte, als nur möglich ist. Ihr andern aber habt Ursache, auf andere Dinge zu sehen, die bedeutender und nachhaltiger sind.« – »Doch gibt es Gelegenheiten«, sagte der Major, »wo man sich innerlich frisch fühlt und sein Äußeres auch gar zu gern wieder auffrischen möchte.«

Da der Ankömmling die wahre Gemütslage des Majors nicht ahnen konnte, so nahm er diese Äußerung im Soldatensinne und ließ sich weitläufig darüber aus: wie viel beim Militär aufs Äußere ankomme und wie der Offizier, der so manches auf seine Kleidung zu wenden habe, doch auch einige Aufmerksamkeit auf Haut und Haare wenden könne.

»Es ist zum Beispiel unverantwortlich«, fuhr er fort, »daß Eure Schläfe schon grau sind, daß hie und da sich Runzeln zusammenziehen und daß Euer Scheitel kahl zu werden droht. Seht mich alten Kerl einmal an! betrachtet, wie ich mich erhalten habe! und das alles ohne Hexerei und mit weit weniger Mühe und Sorgfalt, als man täglich anwendet, um sich zu beschädigen oder wenigstens Langeweile zu machen.«

Der Major fand bei dieser zufälligen Unterredung zu sehr seinen Vorteil, als daß er sie so bald hätte abbrechen sollen; doch ging er leise und selbst gegen einen alten Bekannten mit Behutsamkeit zu Werke. – »Das habe ich nun leider versäumt!« rief er aus, »und nachzuholen ist es nicht; ich muß zu mich nun schon darein ergeben, und Ihr werdet deshalb nicht schlimmer von mir denken.«

»Versäumt ist nichts!« erwiderte jener, »wenn ihr andern ernsthaften Herren nur nicht so starr und steif wäret, nicht gleich einen jeden, der sein Äußeres bedenkt, für eitel erklären und euch dadurch selbst die Freude verkümmern möchtet, in gefälliger Gesellschaft zu sein und selbst zu gefallen.« – »Wenn es auch keine Zauberei ist«, lächelte der Major, »wodurch ihr andern euch jung erhaltet, so ist es doch ein Geheimnis, oder wenigstens sind es Arcana, dergleichen oft in den Zeitungen gepriesen werden, von denen ihr aber die besten herauszuproben wißt.« – »Du magst im Scherz oder im Ernst reden«, versetzte der Freund, »so hast du's getroffen. Unter den vielen Dingen, die man von jeher versucht hat, um dem Äußeren einige Nahrung zu geben, das oft viel früher als das Innere abnimmt, gibt es wirklich unschätzbare, einfache sowohl als zusammengesetzte Mittel, die mir von Kunstgenossen mitgeteilt, für bares Geld oder durch Zufall überliefert und von mir selbst ausgeprobt worden. Dabei bleib' ich und verharre nun, ohne deshalb meine weitern Forschungen aufzugeben. So viel kann ich dir sagen, und ich übertreibe nicht: ein Toilettenkästchen führe ich bei mir, über allen Preis! ein Kästchen, dessen Wirkungen ich wohl an dir erproben möchte, wenn wir nur vierzehn Tage zusammenblieben.«

Der Gedanke, etwas dieser Art sei möglich und diese Möglichkeit werde ihm gerade in dem rechten Augenblicke so zufällig nahe gebracht, erheiterte den Geist des Majors dergestalt, daß er wirklich schon frischer und munterer aussah und, von der Hoffnung, Haupt und Gesicht mit seinem Herzen in Übereinstimmung zu bringen, belebt, von der Unruhe, die Mittel dazu bald näher kennen zu lernen, in Bewegung gesetzt, bei Tische ein ganz anderer Mensch erschien, Hilariens anmutigen Aufmerksamkeiten getrost entgegenging und auf sie mit einer gewissen Zuversicht blickte, die ihm heute früh noch sehr fremd gewesen war.

Hatte nun durch mancherlei Erinnerungen, Erzählungen und glückliche Einfälle der theatralische Freund die einmal angeregte gute Laune zu erhalten, zu beleben und zu vermehren gewußt, so wurde der Major um so verlegener, als jener gleich nach Tische sich zu entfernen und seinen Weg weiter fortzusetzen drohte. Auf alle Weise suchte er den Aufenthalt seines Freundes, wenigstens über Nacht, zu erleichtern, indem er Vorspann und Relais auf morgen früh andringlich zusagte. Genug, die heilsame Toilette sollte nicht aus dem Hause, bis man von ihrem Inhalt und Gebrauch näher unterrichtet wäre.

Der Major sah sehr wohl ein, daß hier keine Zeit zu verlieren sei, und suchte daher gleich nach Tische seinen alten Günstling allein zu sprechen. Da er das Herz nicht hatte, ganz gerade auf die Sache loszugehen, so lenkte er von weitem dahin, indem er, das vorige Gespräch wieder auffassend, versicherte: er für seine Person würde gern mehr Sorgfalt auf das Äußere verwenden, wenn nur nicht gleich die Menschen einen jeden, dem sie ein solches Bestreben anmerken, für eitel erklärten und ihm dadurch sogleich wieder an der sittlichen Achtung entzögen, was sie sich genötigt fühlten an der sinnlichen ihm zuzugestehen.

»Mache mich mit solchen Redensarten nicht verdrießlich!« versetzte der Freund; »denn das sind Ausdrücke, die sich die Gesellschaft angewöhnt hat, ohne etwas dabei zu denken, oder, wenn man es strenger nehmen will, wodurch sich ihre unfreundliche und mißwollende Natur ausspricht. Wenn du es recht genau betrachtest: was ist denn das, was man oft als Eitelkeit verrufen möchte? Jeder Mensch soll Freude an sich selbst haben, und glücklich, wer sie hat. Hat er sie aber, wie kann er sich verwehren, dieses angenehme Gefühl merken zu lassen? Wie soll er mitten im Dasein verbergen, daß er eine Freude am Dasein habe? Fände die gute Gesellschaft, denn von der ist doch hier allein die Rede, nur alsdann diese Äußerungen tadelhaft, wenn sie zu lebhaft werden, wenn des einen Menschen Freude an sich und seinem Wesen die andern hindert, Freude an dem ihrigen zu haben und sie zu zeigen, so wäre nichts dabei zu erinnern, und von diesem Übermaß ist auch wohl der Tadel zuerst ausgegangen. Aber was soll eine wunderlich-verneinende Strenge gegen etwas Unvermeidliches? Warum will man nicht eine Äußerung läßlich und erträglich finden, die man denn doch mehr oder weniger sich von Zeit zu Zeit selbst erlaubt? ja, ohne die eine gute Gesellschaft gar nicht existieren könnte: denn das Gefallen an sich selbst, das Verlangen, dieses Selbstgefühl andern mitzuteilen, macht gefällig, das Gefühl eigner Anmut macht anmutig. Wollte Gott, alle Menschen wären eitel, wären es aber mit Bewußtsein, mit Maß und im rechten Sinne: so würden wir in der gebildeten Welt die glücklichsten Menschen sein. Die Weiber, sagt man, sind eitel von Hause aus; doch es kleidet sie, und sie gefallen uns um desto mehr. Wie kann ein junger Mann sich bilden, der nicht eitel ist? Eine leere, hohle Natur wird sich wenigstens einen äußern Schein zu geben wissen, und der tüchtige Mensch wird sich bald von außen nach innen zu bilden. Was mich betrifft, so habe ich Ursache, mich auch deshalb für den glücklichsten Menschen zu halten, weil mein Handwerk mich berechtigt, eitel zu sein, und weil ich, je mehr ich es bin, nur desto mehr Vergnügen den Menschen schaffe. Ich werde gelobt, wo man andere tadelt, und habe, gerade auf diesem Wege, das Recht und das Glück, noch in einem Alter das Publikum zu ergötzen und zu entzücken, in welchem andere notgedrungen vom Schauplatz abtreten oder nur mit Schmach darauf verweilen.«

Der Major hörte nicht gerne den Schluß dieser Betrachtungen. Das Wörtchen Eitelkeit, als er es vorbrachte, sollte nur zu einem Übergang dienen, um dem Freunde auf eine geschickte Weise seinen Wunsch vorzutragen; nun fürchtete er, bei einem fortgesetzten Gespräch das Ziel noch weiter verrückt zu sehen, und eilte daher unmittelbar zum Zweck.

»Für mich«, sagte er, »wäre ich gar nicht abgeneigt, auch zu deiner Fahne zu schwören, da du es nicht für zu spät hältst und glaubst, daß ich das Versäumte noch einigermaßen nachholen könne. Teile mir etwas von deinen Tinkturen, Pomaden und Balsamen mit, und ich will einen Versuch machen.«

»Mitteilungen«, sagte der andere, »sind schwerer, als man denkt. Denn hier z.B. kommt es nicht allein darauf an, daß ich dir von meinen Fläschchen etwas abfülle und von den besten Ingredienzien meiner

Toilette die Hälfte zurücklasse; die Anwendung ist das Schwerste. Man kann das Überlieferte sich nicht gleich zu eigen machen; wie dieses und jenes passe, unter was für Umständen, in welcher Folge die Dinge zu gebrauchen seien, dazu gehört Übung und Nachdenken; ja selbst diese wollen kaum fruchten, wenn man nicht eben zu der Sache, wovon die Rede ist ein angebornes Talent hat.«

»Du willst, wie es scheint«, versetzte der Major, »nun wieder zurücktreten. Du machst mir Schwierigkeiten, um deine freilich etwas fabelhaften Behauptungen in Sicherheit zu bringen. Du hast nicht Lust, mir einen Anlaß, eine Gelegenheit zu geben, deine Worte durch die Tat zu prüfen.«

»Durch diese Neckereien, mein Freund«, versetzte der andere, »würdest du mich nicht bewegen, deinem Verlangen zu willfahren, wenn ich nicht selbst so gute Gesinnungen gegen dich hätte, wie ich es ja zuerst dir angeboten habe. Dabei bedenke, mein Freund, der Mensch hat gar eine eigne Lust, Proselyten zu machen, dasjenige, was er an sich schätzt, auch außer sich in andern zur Erscheinung zu bringen, sie genießen zu lassen, was er selbst genießt, und sich in ihnen wiederzufinden und darzustellen. Fürwahr, wenn dies auch Egoismus ist, so ist er der liebenswürdigste und lobenswürdigste, derjenige, der uns zu Menschen gemacht hat und uns als Menschen erhält. Aus ihm nehme ich denn auch, abgesehen von der Freundschaft, die ich zu dir hege, die Lust, einen Schüler in der Verjüngungskunst aus dir zu machen. Weil man aber von dem Meister erwarten kann, daß er keine Pfuscher ziehen will, so bin ich verlegen, wie wir es anfangen. Ich sagte schon: weder Spezereien noch irgendeine Anweisung ist hinlänglich; die Anwendung kann nicht im Allgemeinen gelehrt werden. Dir zuliebe und aus Lust, meine Lehre fortzupflanzen, bin ich zu jeder Aufopferung bereit. Die größte für den Augenblick will ich dir sogleich anbieten. Ich lasse dir meinen Diener hier, eine Art von Kammerdiener und Tausendkünstler, der, wenn er gleich nicht alles zu bereiten weiß, nicht in alle Geheimnisse eingeweiht ist, doch die ganze Behandlung recht gut versteht und für den Anfang dir von großem Nutzen sein wird, bis du dich in die Sache so hineinarbeitest, daß ich dir die höheren Geheimnisse endlich auch offenbaren kann.«

»Wie!« rief der Major, »du hast auch Stufen und Grade deiner Verjüngungskunst? Du hast noch Geheimnisse für die Eingeweihten?« – »Ganz gewiß!« versetzte jener. »Das müßte gar eine schlechte Kunst sein, die sich auf einmal fassen ließe, deren Letztes von demjenigen gleich geschaut werden könnte, der zuerst hereintritt.«

Man zauderte nicht lange, der Kammerdiener ward an den Major gewiesen, der ihn gut zu halten versprach. Die Baronin mußte Schächtelchen, Büchschen und Gläser hergeben, sie wußte nicht wozu; die Teilung ging vor sich, man war bis in die Nacht munter und geistreich zusammen. Bei dem späteren Aufgang des Mondes fuhr der Gast hinweg und versprach, in einiger Zeit zurückzukehren.

Der Major kam ziemlich müde auf sein Zimmer. Er war früh aufgestanden, hatte sich den Tag nicht geschont und glaubte nunmehr das Bett bald zu erreichen. Allein er fand statt eines Dieners nunmehr zwei. Der alte Reitknecht zog ihn nach alter Art und Weise eilig aus; aber nun trat der neue hervor und ließ merken, daß die eigentliche Zeit, Verjüngungs- und Verschönerungsmittel anzubringen, die Nacht sei, damit in einem ruhigen Schlaf die Wirkung desto sicherer vor sich gehe. Der Major mußte sich also gefallen lassen, daß sein Haupt gesalbt, sein Gesicht bestrichen, seine Augenbrauen bepinselt und seine Lippen betupft wurden. Außerdem wurden noch verschiedene Zeremonien erfordert; sogar sollte die Nachtmütze nicht unmittelbar aufgesetzt, sondern vorher ein Netz, wo nicht gar eine feine lederne Mütze übergezogen werden.

Der Major legte sich zu Bette mit einer Art von unangenehmer Empfindung, die er jedoch sich deutlich zu machen keine Zeit hatte, indem er gar bald einschlief. Sollen wir aber in seine Seele sprechen, so fühlte er sich etwas mumienhaft, zwischen einem Kranken und einem Einbalsamierten. Allein das süße Bild Hilariens, umgeben von den heitersten Hoffnungen, zog ihn bald in einen erquickenden Schlaf.

Morgens zur rechten Zeit war der Reitknecht bei der Hand. Alles, was zum Anzuge des Herrn gehörte, lag in gewohnter Ordnung auf den Stühlen, und eben war der Major im Begriff, aus dem Bette zu steigen, als der neue Kammerdiener hereintrat und lebhaft gegen eine solche Übereilung protestierte. Man müsse ruhen, man müsse sich abwarten, wenn das Vorhaben gelingen, wenn man für so manche Mühe und Sorgfalt Freude erleben solle. Der Herr vernahm sodann, daß er in einiger Zeit aufzustehen, ein kleines Frühstück zu genießen und alsdann in ein Bad zu steigen habe, welches schon bereitet sei. Den Anordnungen war nicht auszuweichen, sie mußten befolgt werden, und einige Stunden gingen unter diesen Geschäften hin.

Der Major verkürzte die Ruhezeit nach dem Bade, dachte sich geschwind in die Kleider zu werfen; denn er war seiner Natur nach expedit und wünschte noch überdies, Hilarien bald zu begegnen; aber auch hier trat ihm sein neuer Diener entgegen und machte ihm begreiflich, daß man sich durchaus abgewöhnen müsse, fertig werden zu wollen. Alles, was man tue, müsse man langsam und behaglich vollbringen, besonders aber die Zeit des Anziehens habe man als angenehme Unterhaltungsstunde mit sich selbst anzusehen.

Die Behandlungsart des Kammerdieners traf mit seinen Reden völlig überein. Dafür glaubte sich aber auch der Major wirklich besser angezogen denn jemals, als er vor den Spiegel trat und sich auf das schmuckeste herausgeputzt erblickte. Ohne viel zu fragen, hatte der Kammerdiener sogar die Uniform moderner zugestutzt, indem er die Nacht auf diese Verwandlung wendete. Eine so schnell erscheinende Verjüngung gab dem Major einen besonders heitern Sinn, so daß er sich von innen und außen erfrischt fühlte und mit ungeduldigem Verlangen den Seinigen entgegeneilte.

Er fand seine Schwester vor dem Stammbaume stehen, den sie hatte aufhängen lassen, weil abends vorher zwischen ihnen von einigen Seitenverwandten die Rede gewesen, welche, teils unverheiratet, teils in fernen Landen wohnhaft, teils gar verschollen, mehr oder weniger den beiden Geschwistern oder ihren Kindern auf reiche Erbschaften Hoffnung machten. Sie unterhielten sich einige Zeit darüber, ohne des Punktes zu erwähnen, daß sich bisher alle Familiensorgen und Bemühungen bloß auf ihre Kinder bezogen. Durch Hilariens Neigung hatte sich diese ganze Ansicht freilich verändert, und doch mochte weder der Major noch seine Schwester in diesem Augenblick der Sache weiter gedenken.

Die Baronin entfernte sich, der Major stand allein vor dem lakonischen Familiengemälde. Hilarie trat an ihn heran, lehnte sich kindlich an ihn, beschaute die Tafel und fragte: wen er alles von diesen gekannt habe? und wer wohl noch leben und übrig sein möchte?

Der Major begann seine Schilderung von den Ältesten, deren er sich aus seiner Kindheit nur noch dunkel erinnerte. Dann ging er weiter, zeichnete die Charaktere verschiedener Väter, die Ähnlichkeit oder Unähnlichkeit der Kinder mit denselben, bemerkte, daß oft der Großvater im Enkel wieder hervortrete, sprach gelegentlich von dem Einfluß der Weiber, die, aus fremden Familien herüber heiratend, oft den

Charakter ganzer Stämme verändern. Er rühmte die Tugend manches Vorfahren und Seitenverwandten und verschwieg ihre Fehler nicht. Mit Stillschweigen überging er diejenigen, deren man sich hätte zu schämen gehabt. Endlich kam er an die untersten Reihen. Da stand nun sein Bruder, der Obermarschall, er und seine Schwester und unten drunter sein Sohn und daneben Hilarie.

»Diese sehen einander gerade genug ins Gesicht«, sagte der Major und fügte nicht hinzu, was er im Sinne hatte. Nach einer Pause versetzte Hilarie bescheiden, halblaut und fast mit einem Seufzer: »Und doch wird man denjenigen niemals tadeln, der in die Höhe blickt!« Zugleich sah sie mit ein paar Augen an ihm hinauf, aus denen ihre ganze Neigung hervorsprach. – »Versteh' ich dich recht?« sagte der Major, indem er sich zu ihr wendete. – »Ich kann nichts sagen«, versetzte Hilarie lächelnd, »was Sie nicht schon wissen.« – »Du machst mich zum glücklichsten Menschen unter der Sonne!« rief er aus und fiel ihr zu Füßen. »Willst du mein sein?« – »Um Gottes willen stehen Sie auf! Ich bin dein auf ewig.«

Die Baronin trat herein. Ohne überrascht zu sein, stutzte sie. – »Wäre es ein Unglück«, sagte der Major, »Schwester! so ist die Schuld dein; als Glück wollen wir's dir ewig verdanken.«

Die Baronin hatte ihren Bruder von Jugend auf dergestalt geliebt, daß sie ihn allen Männern vorzog, und vielleicht war selbst die Neigung Hilariens aus dieser Vorliebe der Mutter, wo nicht entsprungen, doch gewiß genährt worden. Alle drei vereinigten sich nunmehr in einer Liebe, einem Behagen, und so flossen für sie die glücklichsten Stunden dahin. Nur wurden sie denn doch zuletzt auch wieder die Welt um sich her gewahr, und diese steht selten mit solchen Empfindungen im Einklang.

Nun dachte man auch wieder an den Sohn. Ihm hatte man Hilarien bestimmt, das ihm sehr wohl bekannt war. Gleich nach Beendigung des Geschäfts mit dem Obermarschall sollte der Major seinen Sohn in der Garnison besuchen, alles mit ihm abreden und diese Angelegenheiten zu einem glücklichen Ende führen. Nun war aber durch ein unerwartetes Ereignis der ganze Zustand verruckt; die Verhältnisse, die sonst sich freundlich ineinanderschmiegten, schienen sich nunmehr anzufeinden, und es war schwer vorauszusehen, was die Sache für eine Wendung nehmen, was für eine Stimmung die Gemüter ergreifen würde.

Indessen mußte sich der Major entschließen, seinen Sohn aufzusuchen, dem er sich schon angemeldet hatte. Er machte sich nicht ohne Widerwillen, nicht ohne sonderbare Ahnung, nicht ohne Schmerz, Hilarien auch nur auf kurze Zeit zu verlassen, nach manchem Zaudern auf den Weg, ließ Reitknecht und Pferde zurück und fuhr mit seinem Verjüngungsdiener, den er nun nicht mehr entbehren konnte, der Stadt, dem Aufenthalte seines Sohnes, entgegen.

Beide begrüßten und umarmten sich nach so langer Trennung aufs herzlichste. Sie hatten einander viel zu sagen und sprachen doch nicht sogleich aus, was ihnen zunächst am Herzen lag. Der Sohn erging sich in Hoffnungen eines baldigen Avancements; wogegen ihm der Vater genaue Nachricht gab, was zwischen den ältern Familiengliedern wegen des Vermögens überhaupt, wegen der einzelnen Güter und sonst verhandelt und beschlossen worden.

Das Gespräch fing schon einigermaßen an zu stocken, als der Sohn sich ein Herz faßte und zu dem Vater lächelnd sagte: »Sie behandeln mich sehr zart, lieber Vater, und ich danke Ihnen dafür. Sie erzählen mir von Besitztümern und Vermögen und erwähnen der Bedingung nicht, unter der, wenigstens zum Teil, es mir eigen werden soll; Sie halten mit dem Namen Hilariens zurück, Sie erwarten, daß ich ihn selbst ausspreche, daß ich mein Verlangen zu erkennen gebe, mit dem liebenswürdigen Kinde bald vereinigt zu sein.«

Der Major befand sich bei diesen Worten des Sohnes in großer Verlegenheit; da es aber teils seiner Natur, teils einer alten Gewohnheit gemäß war, den Sinn des andern, mit dem er zu verhandeln hatte, zu erforschen, so schwieg er und blickte den Sohn mit einem zweideutigen Lächeln an. – »Sie erraten nicht, mein Vater, was ich zu sagen habe«, fuhr der Lieutenant fort, »und ich will es nur rasch ein für allemal herausreden. Ich kann mich auf Ihre Güte verlassen, die, bei so vielfacher Sorge für mich, gewiß auch an mein wahres Glück gedacht hat. Einmal muß es gesagt sein, und so sei es gleich gesagt: Hilarie kann mich nicht glücklich machen! Ich gedenke Hilariens als einer liebenswürdigen Anverwandten, mit der ich zeitlebens in den freundschaftlichsten Verhältnissen stehen möchte; aber eine andere hat meine Leidenschaft erregt, meine Neigung gefesselt. Unwiderstehlich ist dieser Hang; Sie werden mich nicht unglücklich machen.«

Nur mit Mühe verbarg der Major die Heiterkeit, die sich über sein Gesicht verbreiten wollte, und fragte den Sohn mit einem milden Ernst:

wer denn die Person sei, welche sich seiner so gänzlich bemächtigen können. – »Sie müssen dieses Wesen sehen, mein Vater: denn sie ist so unbeschreiblich als unbegreiflich. Ich fürchte nur, Sie werden selbst von ihr hingerissen, wie jedermann, der sich ihr nähert. Bei Gott! ich erlebe es und sehe Sie als den Rival Ihres Sohnes.«

»Wer ist sie denn?« fragte der Major. »Wenn du ihre Persönlichkeit zu schildern nicht imstande bist, so erzähle mir wenigstens von ihren äußern Umständen: denn diese sind doch wohl eher auszusprechen.« – »Wohl, mein Vater!« versetzte der Sohn; »und doch würden auch diese äußeren Umstände bei einer andern anders sein, anders auf eine andere wirken. Sie ist eine junge Witwe, Erbin eines alten, reichen, vor kurzem verstorbenen Mannes, unabhängig und höchst wert, es zu sein, von vielen umgeben, von ebenso vielen geliebt, von ebenso vielen umworben, doch, wenn ich mich nicht sehr betriege, mir von Herzen angehörig.«

Mit Behaglichkeit, weil der Vater schwieg und kein Zeichen der Mißbilligung äußerte, fuhr der Sohn fort, das Betragen der schönen Witwe gegen ihn zu erzählen, jene unwiderstehliche Anmut, jene zarten Gunstbezeigungen einzeln herzurühmen, in denen der Vater freilich nur die leichte Gefälligkeit einer allgemein gesuchten Frau erkennen konnte, die unter vielen wohl irgendeinen vorzieht, ohne sich eben für ihn ganz und gar zu entscheiden. Unter jeden andern Umständen hätte er gewiß gesucht, einen Sohn, ja nur einen Freund auf den Selbstbetrug aufmerksam zu machen, der wahrscheinlich hier obwalten könnte; aber diesmal war ihm selbst so viel daran gelegen, wenn der Sohn sich nicht täuschen, wenn die Witwe ihn wirklich lieben und sich so schnell als möglich zu seinen Gunsten entscheiden möchte, daß er entweder kein Bedenken hatte oder einen solchen Zweifel bei sich ablehnte, vielleicht auch nur verschwieg.

»Du setzest mich in große Verlegenheit«, begann der Vater nach einiger Pause. »Die ganze Übereinkunft zwischen den übriggebliebenen Gliedern unsers Geschlechts beruht auf der Voraussetzung, daß du dich mit Hilarien verbindest. Heiratet sie einen Fremden, so ist die ganze, schöne, künstliche Vereinigung eines ansehnlichen Vermögens wieder aufgehoben, und du besonders in deinem Teile nicht zum besten bedacht. Es gäbe wohl noch ein Mittel, das aber ein wenig sonderbar klingt und wobei du auch nicht viel gewinnen würdest: ich müßte noch in meinen alten Tagen Hilarien heiraten, wodurch ich dir aber schwerlich ein großes Vergnügen machen würde.«

»Das größte von der Welt!« rief der Lieutenant aus; »denn wer kann eine wahre Neigung empfinden, wer kann das Glück der Liebe genießen oder hoffen, ohne daß er dieses höchste Glück einem jeden Freund, einem jeden gönnte, der ihm wert ist! Sie sind nicht alt, mein Vater; wie liebenswürdig ist nicht Hilarie! und schon der vorüberschwebende Gedanke, ihr die Hand zu bieten, zeugt von einem jugendlichen Herzen, von frischer Mutigkeit. Lassen Sie uns diesen Einfall, diesen Vorschlag aus dem Stegreife ja recht gut durchsinnen und ausdenken. Dann würde ich erst recht glücklich sein, wenn ich Sie glücklich wüßte; dann würde ich mich erst recht freuen, daß Sie für die Sorgfalt, mit der Sie mein Schicksal bedacht, an sich selbst so schön und höchlich belohnt würden. Nun führe ich sie erst mutig, zutraulich und mit recht offnem Herzen zu meiner Schönen. Sie werden meine Empfindungen billigen, weil Sie selbst fühlen; Sie werden dem Glück eines Sohnes nichts in den Weg legen, weil Sie Ihrem eigenen Glück entgegengehen.«

Mit diesen und andern dringenden Worten ließ der Sohn den Vater, der manche Bedenklichkeiten einstreuen wollte, nicht Raum gewinnen, sondern eilte mit ihm zur schönen Witwe, welche sie in einem großen, wohleingerichteten Hause, umgeben von einer zwar nicht zahlreichen, aber ausgesuchten Gesellschaft, in heiterer Unterhaltung antrafen. Sie war eins von den weiblichen Wesen, denen kein Mann entgeht. Mit unglaublicher Gewandtheit wußte sie den Major zum Helden dieses Abends zu machen. Die übrige Gesellschaft schien ihre Familie, der Major allein der Gast zu sein. Sie kannte seine Verhältnisse recht gut, und doch wußte sie darnach zu fragen, als wenn sie alles erst von ihm recht erfahren wollte; und so mußte auch jedes von der Gesellschaft schon irgendeinen Anteil an dem Neuangekommenen zeigen. Der eine mußte seinen Bruder, der andere seine Güter und der Dritte sonst wieder etwas gekannt haben, so daß der Major bei einem lebhaften Gespräch sich immer als den Mittelpunkt fühlte. Auch saß er zunächst bei der Schönen; ihre Augen waren auf ihn, ihr Lächeln an ihn gerichtet; genug, er fand sich so behaglich, daß er beinahe die Ursache vergaß, warum er gekommen war. Auch erwähnte sie seines Sohnes kaum mit einem Worte, obgleich der junge Mann lebhaft mitsprach; er schien für sie, wie die übrigen alle, heute nur um des Vaters willen gegenwärtig.

Frauenzimmerliche Handarbeiten, in Gesellschaft unternommen und scheinbar gleichgültig fortgesetzt, erhalten durch Klugheit und Anmut oft eine wichtige Bedeutung. Unbefangen und emsig fortgesetzt, geben solche Bemühungen einer Schönen das Ansehen völliger Unaufmerksamkeit auf die Umgebung und erregen in derselben ein stilles Mißgefühl. Dann aber, gleichsam wie beim Erwachen, ein Wort, ein Blick versetzt die Abwesende wieder mitten in die Gesellschaft, sie erscheint als neu willkommen; legt sie aber gar die Arbeit in den Schoß nieder, zeigt sie Aufmerksamkeit auf eine Erzählung, einen belehrenden Vortrag, in welchem sich die Männer so gern ergehen, dies wird demjenigen höchst schmeichelhaft, den sie dergestalt begünstigt.

Unsere schöne Witwe arbeitete auf diese Weise an einer so prächtigen als geschmackvollen Brieftasche, die sich noch überdies durch ein größeres Format auszeichnete. Diese ward nun eben von der Gesellschaft besprochen, von dem nächsten Nachbar aufgenommen, unter großen Lobpreisungen der Reihe nach herumgegeben, indessen die Künstlerin sich mit dem Major von ernsten Gegenständen besprach; ein alter Hausfreund rühmte das beinahe fertige Werk mit Übertreibung, doch als solches an den Major kam, schien sie es als seiner Aufmerksamkeit nicht wert von ihm ablehnen zu wollen, wogegen er auf eine verbindliche Weise die Verdienste der Arbeit anzuerkennen verstand, inzwischen der Hausfreund darin ein penelopeisch zauderhaftes Werk zu sehen glaubte.

Man ging in den Zimmern auf und ab und gesellte sich zufällig zusammen. Der Lieutenant trat zu der Schönen und fragte: »Was sagen Sie zu meinem Vater?« Lächelnd versetzte sie: »Mich deucht, daß Sie ihn wohl zum Muster nehmen könnten. Sehn Sie nur, wie nett er angezogen ist! Ob er sich nicht besser trägt und hält als sein lieber Sohn!« So fuhr sie fort, den Vater auf Unkosten des Sohnes zu beschreien und zu loben und eine sehr gemischte Empfindung von Zufriedenheit und Eifersucht in dem Herzen des jungen Mannes hervorzubringen.

Nicht lange, so gesellte sich der Sohn zum Vater und erzählte ihm alles haarklein wieder. Der Vater betrug sich nur desto freundlicher gegen die Witwe, und sie setzte sich gegen ihn schon auf einen lebhafteren, vertraulichern Ton. Kurz, man kann sagen, daß, als es zum Scheiden ging, der Major so gut als die übrigen alle ihr und ihrem Kreise schon angehörte.

Ein stark einfallender Regen hinderte die Gesellschaft, auf die Weise nach Hause zu kehren, wie sie gekommen war. Einige Equipagen fuhren vor, in welche man die Fußgänger verteilte; nur der Lieutenant, unter dem Vorwande, man sitze ohnehin schon zu enge, ließ den Vater fortfahren und blieb zurück.

Der Major, als er in sein Zimmer trat, fühlte sich wirklich in einer Art von Taumel, von Unsicherheit seiner selbst, wie es denen geht, die schnell aus einem Zustande in den entgegengesetzten übertreten. Die Erde scheint sich für den zu bewegen, der aus dem Schiffe steigt, und das Licht zittert noch im Auge dessen, der auf einmal ins Finstere tritt. So fühlte sich der Major noch von der Gegenwart des schönen Wesens umgeben. Er wünschte, sie noch zu sehen, zu hören, sie wieder zu sehen, wieder zu hören; und nach einiger Besinnung verzieh er seinem Sohne, ja er pries ihn glücklich, daß er Ansprüche machen dürfe, soviel Vorzüge zu besitzen.

Aus diesen Empfindungen riß ihn der Sohn, der mit einer lebhaften Entzückung zur Türe hereinstürzte, den Vater umarmte und ausrief: »Ich bin der glücklichste Mensch von der Welt!« Nach solchen und ähnlichen Ausrufen kam es endlich unter beiden zur Aufklärung. Der Vater bemerkte, daß die schöne Frau im Gespräch gegen ihn des Sohnes auch nicht mit einer Silbe erwähnt habe. – »Das ist eben ihre zarte, schweigende, halb schweigende, halb andeutende Manier, wodurch man seiner Wünsche gewiß wird und sich doch immer des Zweifels nicht ganz erwehren kann. So war sie bisher gegen mich; aber Ihre Gegenwart, mein Vater, hat Wunder getan. Ich gestehe es gern, daß ich zurückblieb, um sie noch einen Augenblick zu sehen. Ich fand sie in ihren erleuchteten Zimmern auf und ab gehen; denn ich weiß wohl, es ist ihre Gewohnheit: wenn die Gesellschaft weg ist, darf kein Licht ausgelöscht werden. Sie geht allein in ihren Zaubersälen auf und ab, wenn die Geister entlassen sind, die sie hergebannt hat. Sie ließ den Vorwand gelten, unter dessen Schutz ich zurückkam. Sie sprach anmutig, doch von gleichgültigen Dingen. Wir gingen hin und wider durch die offenen Türen die ganze Reihe der Zimmer durch. Wir waren schon einigemale bis ans Ende gelangt, in das kleine Kabinett, das nur von einer trüben Lampe erhellt ist. War sie schön, wenn sie sich unter den Kronleuchtern her bewegte, so war sie es noch unendlich mehr, beleuchtet von dem sanften Schein der Lampe. Wir waren wieder dahin gekommen und standen beim Umkehren einen Augenblick still. Ich weiß nicht, was mir die Verwegenheit abnötigte, ich weiß nicht, wie ich es wagen konnte, mitten im gleichgültigsten Gespräch auf einmal ihre Hand zu fassen, diese zarte Hand zu küssen, sie an mein Herz zu drücken. Man zog sie nicht weg. ›Himmlisches Wesen‹, rief ich, ›verbirg dich nicht länger vor mir. Wenn in diesem schönen Herzen eine Neigung wohnt für den Glücklichen, der vor dir steht, so verhülle sie nicht länger, offenbare sie, gestehe sie! es ist die schönste, es ist die höchste Zeit. Verbanne mich oder nimm mich in deinen Armen auf!‹

Ich weiß nicht, was ich alles sagte, ich weiß nicht, wie ich mich gebärdete. Sie entfernte sich nicht, sie widerstrebte nicht, sie antwortete nicht. Ich wagte es, sie in meine Arme zu fassen, sie zu fragen, ob sie die Meinige sein wolle. Ich küßte sie mit Ungestüm; sie drängte mich weg. – ›Ja doch, ja!‹ oder so etwas sagte sie halblaut und wie verworren. Ich entfernte mich und rief: ›Ich sende meinen Vater, der soll für mich reden!‹ – ›Kein Wort mit ihm darüber!‹ versetzte sie, indem sie mir einige Schritte nachfolgte. ›Entfernen Sie sich, vergessen Sie, was geschehen ist.‹«

Was der Major dachte, wollen wir nicht entwickeln. Er sagte jedoch zum Sohne: »Was glaubst du nun, was zu tun sei? Die Sache ist, dächt' ich, aus dem Stegreife gut genug eingeleitet, daß wir nun etwas förmlicher zu Werke gehen können, daß es vielleicht sehr schicklich ist, wenn ich mich morgen dort melde und für dich anhalte.« – »Um Gottes willen, mein Vater!« rief er aus, »das hieße die ganze Sache verderben. Jenes Betragen, jener Ton will durch keine Förmlichkeit gestört und verstimmt sein. Es ist genug, mein Vater, daß Ihre Gegenwart diese Verbindung beschleunigt, ohne daß Sie ein Wort aussprechen. Ja, Sie sind es, dem ich mein Glück schuldig bin! Die Achtung meiner Geliebten für Sie hat jeden Zweifel besiegt, und niemals würde der Sohn einen so glücklichen Augenblick gefunden haben, wenn ihn der Vater nicht vorbereitet hätte.«

Solche und ähnliche Mitteilungen unterhielten sie bis tief in die Nacht. Sie vereinigten sich wechselseitig über ihre Plane; der Major wollte bei der schönen Witwe nur noch der Form wegen einen Abschiedsbesuch machen und sodann seiner Verbindung mit Hilarien entgegengehen; der Sohn sollte die seinige befördern und beschleunigen, wie es möglich wäre.

Der schönen Witwe machte unser Major einen Morgenbesuch, um Abschied zu nehmen und, wenn es möglich wäre, die Absicht seines Sohnes mit Schicklichkeit zu fördern. Er fand sie in zierlichster Morgenkleidung in Gesellschaft einer ältern Dame, die durch ein höchst gesittetes, freundliches Wesen ihn alsobald einnahm. Die Anmut der Jüngern, der Anstand der Älteren setzten das Paar in das wünschenswerteste Gleichgewicht, auch schien ihr wechselseitiges Betragen durchaus dafür zu sprechen, daß sie einander angehörten.

Die Jüngere schien eine fleißig gearbeitete, uns von gestern schon bekannte Brieftasche soeben vollendet zu haben; denn nach den gewöhnlichen Empfangsbegrüßungen und verbindlichen Worten eines willkommenen Erscheinens wendete sie sich zur Freundin und reichte das künstliche Werk hin, gleichsam ein unterbrochenes Gespräch wieder anknüpfend: »Sie sehen also, daß ich doch fertig geworden bin, wenn es gleich wegen manchen Zögerns und Säumens den Anschein nicht hatte.«

»Sie kommen eben recht, Herr Major«, sagte die Ältere, »unsern Streit zu entscheiden oder wenigstens sich für eine oder die andere Partei zu erklären; ich behaupte, man fängt eine solche weitschichtige Arbeit nicht an, ohne einer Person zu gedenken, der man sie bestimmt hat, man vollendet sie nicht ohne einen solchen Gedanken. Beschauen Sie selbst das Kunstwerk, denn so nenn' ich es billig, ob dergleichen so ganz ohne Zweck unternommen werden könne.«

Unser Major mußte der Arbeit freilich allen Beifall zusprechen. Teils geflochten, teils gestickt, erregte sie zugleich mit der Bewunderung das Verlangen, zu erfahren, wie sie gemacht sei. Die bunte Seide waltete vor, doch war auch das Gold nicht verschmäht, genug, man wußte nicht, ob man Pracht oder Geschmack mehr bewundern sollte.

»Es ist doch noch einiges daran zu tun«, versetzte die Schöne, indem sie die Schleife des umgeschlungenen Bandes wieder aufzog und sich mit dem Innern beschäftigte. »Ich will nicht streiten«, fuhr sie fort, »aber erzählen will ich, wie mir bei solchem Geschäft zumute ist. Als junge Mädchen werden wir gewöhnt, mit den Fingern zu tifteln und mit den Gedanken umherzuschweifen; beides bleibt uns, indem wir nach und nach die schwersten und zierlichsten Arbeiten verfertigen lernen, und ich leugne nicht, daß ich an jede Arbeit dieser Art immer Gedanken angeknüpft habe, an Personen, an Zustände, an Freud und Leid. Und so ward mir das Angefangene wert und das Vollendete, ich darf wohl sagen, kostbar. Als ein solches nun durft' ich das Geringste für etwas halten, die leichteste Arbeit gewann einen Wert, und die schwierigste doch auch nur dadurch, daß die Erinnerung dabei reicher und vollständiger war. Freunden und Liebenden, ehrwürdigen und hohen Personen glaubt' ich daher dergleichen immer anbieten zu können; sie erkannten es auch und wußten, daß ich ihnen etwas von meinem Eigensten überreichte, das, vielfach und unaussprechlich, doch zuletzt zu einer angenehmen Gabe vereinigt, immer wie ein freundlicher Gruß wohlgefällig aufgenommen ward.«

Auf ein so liebenswürdiges Bekenntnis war freilich kaum eine Erwiderung möglich; doch wußte die Freundin dagegen etwas in wohlklingende Worte zu fügen. Der Major aber, von jeher gewohnt, die anmutige Weisheit römischer Schriftsteller und Dichter zu schätzen und ihre leuchtenden Ausdrücke dem Gedächtnis einzuprägen, erinnerte sich einiger hierher gar wohl passender Verse, hütete sich aber, um nicht als Pedant zu erscheinen, sie auszusprechen oder auch ihrer nur zu erwähnen; versuchte jedoch, um nicht stumm und geistlos zu erscheinen, aus dem Stegreif eine prosaische Paraphrase, die aber nicht recht gelingen wollte, wodurch das Gespräch beinahe ins Stocken geraten wäre.

Die ältere Dame griff deshalb nach einem bei dem Eintritt des Freundes niedergelegten Buche; es war eine Sammlung von Poesien, welche soeben die Aufmerksamkeit der Freundinnen beschäftigte; dies gab Gelegenheit, von Dichtkunst überhaupt zu sprechen, doch blieb die Unterhaltung nicht lange im Allgemeinen, denn gar bald bekannten die Frauenzimmer zutraulich, daß sie von dem poetischen Talent des Majors unterrichtet seien. Ihnen hatte der Sohn, der selbst auf den 189 Ehrentitel eines Dichters seine Absichten nicht verbarg, von den Gedichten seines Vaters vorgesprochen, auch einiges rezitiert; im Grunde, um sich mit einer poetischen Herkunft zu schmeicheln und, wie es die Jugend gewohnt ist, sich für einen vorschreitenden, die Fähigkeiten des Vaters steigernden Jüngling bescheidentlich geben zu können. Der Major aber, der sich zurückzuziehen suchte, da er bloß als Literator und Liebhaber gelten wollte, suchte, da ihm kein Ausweg gelassen war, wenigstens auszuweichen, indem er die Dichtart, in der er sich allenfalls geübt habe, für subaltern und fast für unecht wollte angesehen wissen; er konnte nicht leugnen, daß er in demjenigen, was man beschreibend und in einem gewissen Sinne belehrend nennt, einige Versuche gemacht habe.

Die Damen, besonders die jüngere, nahmen sich dieser Dichtart an; sie sagte: »Wenn man vernünftig und ruhig leben will, welches denn doch zuletzt eines jeden Menschen Wunsch und Absicht bleibt, was soll uns da das aufgeregte Wesen, das uns willkürlich anreizt, ohne etwas zu geben, das uns beunruhigt, um uns denn doch zuletzt uns wieder selbst zu überlassen; unendlich viel angenehmer ist mir, da ich doch einmal der Dichtung nicht gern entbehren mag, jene, die mich in heitere Gegenden versetzt, wo ich mich wiederzuerkennen glaube, mir den Grundwert des Einfach-Ländlichen zu Gemüte führt, mich durch buschige Haine zum Wald, unvermerkt auf eine Höhe zum Anblick eines Landsees hinführt, da denn auch wohl gegenüber erst angebaute Hügel, sodann waldgekrönte Höhen emporsteigen und die blauen Berge zum Schluß ein befriedigendes Gemälde bilden. Bringt man mir das in klaren Rhythmen und Reimen, so bin ich auf meinem Sofa dankbar, daß der Dichter ein Bild in meiner Imagination entwickelt hat, an dem ich mich ruhiger erfreuen kann, als wenn ich es, nach ermüdender Wanderschaft, vielleicht unter andern, ungünstigen Umständen vor Augen sehe.«

Der Major, der das vorwaltende Gespräch eigentlich nur als Mittel ansah, seine Zwecke zu befördern, suchte sich wieder nach der lyrischen Dichtkunst hinzuwenden, worin sein Sohn wirklich Löbliches geleistet hatte. Man widersprach ihm nicht geradezu, aber man suchte ihn von dem Wege wegzuscherzen, den er eingeschlagen hatte, besonders da er auf leidenschaftliche Gedichte hinzudeuten schien, womit der Sohn der unvergleichlichen Dame die entschiedene Neigung seines Herzens nicht ohne Kraft und Geschick vorzutragen gesucht hatte. »Lieder der Liebenden«, sagte die schöne Frau, »mag ich weder vorgelesen noch vorgesungen; glücklich Liebende beneidet man, eh' man sich's versieht, und die Unglücklichen machen uns immer Langeweile.«

Hierauf nahm die ältere Dame, zu ihrer holden Freundin gewendet, das Wort auf und sagte: »Warum machen wir solche Umschweife, verlieren die Zeit in Umständlichkeiten gegen einen Mann, den wir verehren und lieben? Sollen wir ihm nicht vertrauen, daß wir sein anmutiges Gedicht, worin er die wackere Leidenschaft zur Jagd in allen ihren Einzelheiten vorträgt, schon teilweise zu kennen das Vergnügen haben, und nunmehr ihn bitten, auch das Ganze nicht vorzuenthalten?

Ihr Sohn«, fuhr sie fort, »hat uns einige Stellen mit Lebhaftigkeit aus dem Gedächtnis vorgetragen und uns neugierig gemacht, den Zusammenhang zu sehen.« Als nun der Vater abermals auf die Talente des Sohns zurückkehren und diese hervorheben wollte, ließen es die Damen nicht gelten, indem sie es für eine offenbare Ausflucht ansprachen, um die Erfüllung ihrer Wünsche indirekt abzulehnen. Er kam nicht los, bis er unbewunden versprochen hatte, das Gedicht zu senden, sodann aber nahm das Gespräch eine Wendung, die ihn hinderte, zugunsten des Sohnes weiter etwas vorzubringen, besonders da ihm dieser alle Zudringlichkeit abgeraten hatte.

Da es nun Zeit schien, sich zu beurlauben, und der Freund auch deshalb einige Bewegung machte, sprach die Schöne mit einer Art von Verlegenheit, wodurch sie nur noch schöner ward, indem sie die frisch geknüpfte Schleife der Brieftasche sorgfältig zurechtzupfte: »Dichter und Liebhaber sind längst schon leider im Ruf, daß ihren Versprechen und Zusagen nicht viel zu trauen sei; verzeihen Sie daher, wenn ich das Wort eines Ehrenmannes in Zweifel zu ziehen wage und deshalb ein Pfand, einen Treupfennig nicht verlange, sondern gebe. Nehmen Sie diese Brieftasche, sie hat etwas Ähnliches von Ihrem Jagdgedicht, viel Erinnerungen sind daran geknüpft, manche Zeit verging unter der Arbeit, endlich ist sie fertig; bedienen Sie sich derselben als eines Boten, uns Ihre liebliche Arbeit zu überbringen.«

Bei solch unerwartetem Anerbieten fühlte sich der Major wirklich betroffen; die zierliche Pracht dieser Gabe hatte so gar kein Verhältnis zu dem, was ihn gewöhnlich umgab, zu dem übrigen, dessen er sich bediente, daß er sie sich, obgleich dargereicht, kaum zueignen konnte; doch nahm er sich zusammen, und wie seinem Erinnern ein überliefertes Gute niemals versagte, so trat eine klassische Stelle alsbald ihm ins Gedächtnis. Nur wäre es pedantisch gewesen, sie anzuführen, doch regte sie einen heitern Gedanken bei ihm auf, daß er aus dem Stegreife mit artiger Paraphrase einen freundlichen Dank und ein zierliches Kompliment entgegenzubringen im Falle war; und so schloß sich denn diese Szene auf eine befriedigende Weise für die sämtlichen Unterredenden.

Also fand er sich zuletzt nicht ohne Verlegenheit in ein angenehmes Verhältnis verflochten; er hatte zu senden, zu schreiben zugesagt, sich verpflichtet, und wenn ihm die Veranlassung einigermaßen unangenehm fiel, so mußte er es doch für ein Glück schätzen, auf eine heitere

Weise mit dem Frauenzimmer in Verhältnis zu bleiben, das bei ihren großen Vorzügen ihm so nah angehören sollte. Er schied also nicht ohne eine gewisse innere Zufriedenheit; denn wie sollte der Dichter eine solche Aufmunterung nicht empfinden, dessen treufleißiger Arbeit, die so lange unbeachtet geruht, nun ganz unerwartet eine liebenswürdige Aufmerksamkeit zuteil wird.

Gleich nach seiner Rückkehr ins Quartier setzte der Major sich nieder, zu schreiben, seiner guten Schwester alles zu berichten, und da war nichts natürlicher, als daß in seiner Darstellung eine gewisse Exaltation sich hervortat, wie er sie selbst empfand, die aber durch das Einreden seines von Zeit zu Zeit störenden Sohns noch mehr gesteigert wurde.

Auf die Baronin machte dieser Brief einen sehr gemischten Eindruck; denn wenn auch der Umstand, wodurch die Verbindung des Bruders mit Hilarien befördert und beschleunigt werden konnte, geeignet war, sie ganz zufriedenzustellen, so wollte ihr doch die schöne Witwe nicht gefallen, ohne daß sie sich deswegen Rechenschaft zu geben gedacht hätte. Wir machen bei dieser Gelegenheit folgende Bemerkung.

Den Enthusiasmus für irgendeine Frau muß man einer andern niemals anvertrauen; sie kennen sich untereinander zu gut, um sich einer solchen ausschließlichen Verehrung würdig zu halten. Die Männer kommen ihnen vor wie Käufer im Laden, wo der Handelsmann mit seinen Waren, die er kennt, im Vorteil steht, auch sie in dem besten Lichte vorzuzeigen die Gelegenheit wahrnehmen kann; dahingegen der Käufer immer mit einer Art Unschuld hereintritt, er bedarf der Ware, will und wünscht sie und versteht gar selten, sie mit Kenneraugen zu betrachten. Jener weiß recht gut, was er gibt, dieser nicht immer, was er empfängt. Aber es ist einmal im menschlichen Leben und Umgang nicht zu ändern, ja so löblich als notwendig, denn alles Begehren und Freien, alles Kaufen und Tauschen beruht darauf.

In Gefolge solches Empfindens mehr als Betrachtens konnte die Baronesse weder mit der Leidenschaft des Sohns noch mit der günstigen Schilderung des Vaters völlig zufrieden sein; sie fand sich überrascht von der glücklichen Wendung der Sache, doch ließ eine Ahnung wegen doppelter Ungleichheit des Alters sich nicht abweisen. Hilarie ist ihr zu jung für den Bruder, die Witwe für den Sohn nicht jung genug; indessen hat die Sache ihren Gang genommen, der nicht aufzuhalten scheint. Ein frommer Wunsch, daß alles gut gehen möge, stieg mit einem leisen Seufzer empor. Um ihr Herz zu erleichtern, nahm sie die Feder und schrieb an jene menschenkennende Freundin, indem sie nach einem geschichtlichen Eingang also fortfuhr.

»Die Art dieser jungen, verführerischen Witwe ist mir nicht unbekannt; weiblichen Umgang scheint sie abzulehnen und nur eine Frau um sich zu leiden, die ihr keinen Eintrag tut, ihr schmeichelt und, wenn ihre stummen Vorzüge sich nicht klar genug dartäten, sie noch mit Worten und geschickter Behandlung der Aufmerksamkeit zu empfehlen weiß. Zuschauer, Teilnehmer an einer solchen Repräsentation müssen Männer sein, daher entsteht die Notwendigkeit, sie anzuziehen, sie festzuhalten. Ich denke nichts Übles von der schönen Frau, sie scheint anständig und behutsam genug, aber eine solche lüsterne Eitelkeit opfert den Umständen auch wohl etwas auf, und, was ich für das Schlimmste halte: nicht alles ist reflektiert und vorsätzlich, ein gewisses glückliches Naturell leitet und beschützt sie, und nichts ist gefährlicher an so einer gebornen Kokette als eine aus der Unschuld entspringende Verwegenheit.«

Der Major, nunmehr auf den Gütern angelangt, widmete Tag und Stunde der Besichtigung und Untersuchung. Er fand sich in dem Falle, zu bemerken, daß ein richtiger, wohlgefaßter Hauptgedanke in der Ausführung mannigfaltigen Hindernissen und dem Durchkreuzen so vieler Zufälligkeiten unterworfen ist, in dem Grade, daß der erste Begriff beinahe verschwindet und für Augenblicke ganz und gar unterzugehen scheint, bis mitten in allen Verwirrungen dem Geiste die Möglichkeit eines Gelingens sich wieder darstellt, wenn wir die Zeit als den besten Alliierten einer unbesiegbaren Ausdauer uns die Hand bieten sehen.

Und so wäre denn auch hier der traurige Anblick schöner, ansehnlicher, vernachlässigter, mißbrauchter Besitzungen zu einem trostlosen Zustande geworden, hätte man nicht durch das verständige Bemerken einsichtiger Ökonomen zugleich vorausgesehen, daß eine Reihe von Jahren, mit Verstand und Redlichkeit benutzt, hinreichend sein werde, das Abgestorbene zu beleben und das Stockende in Umtrieb zu versetzen, um zuletzt durch Ordnung und Tätigkeit seinen Zweck zu erreichen.

Der behagliche Obermarschall war angelangt, und zwar mit einem ernsten Advokaten, doch gab dieser dem Major weniger Besorgnisse als jener, der zu den Menschen gehörte, die keine Zwecke haben oder, wenn sie einen vor sich sehen, die Mittel dazu ablehnen. Ein täglich- und stündliches Behagen war ihm das unerläßliche Bedürfnis seines Lebens. Nach langem Zaudern ward es ihm endlich Ernst, seine Gläubiger loszuwerden, die Güterlast abzuschütteln, die Unordnung seines Hauswesens in Regel zu setzen, eines anständigen, gesicherten Einkommens ohne Sorge zu genießen, dagegen aber auch nicht das geringste von den bisherigen Bräuchlichkeiten fahren zu lassen.

Im ganzen gestand er alles ein, was die Geschwister in den ungetrübten Besitz der Güter, besonders auch des Hauptgutes, setzen sollte, aber auf einen gewissen benachbarten Pavillon, in welchem er alle Jahr auf seinen Geburtstag die ältesten Freunde und die neusten Bekannten einlud, ferner auf den daran gelegenen Ziergarten, der solchen mit dem Hauptgebäude verband, wollte er die Ansprüche nicht völlig aufgeben. Die Meublen alle sollten in dem Lusthause bleiben, die Kupferstiche an den Wänden sowie auch die Früchte der Spaliere ihm versichert werden. Pfirsiche und Erdbeeren von den ausgesuchtesten Sorten, Birnen und Äpfel, groß und schmackhaft, besonders aber eine gewisse Sorte grauer, kleiner Äpfel, die er seit vielen Jahren der Fürstin Witwe zu verehren gewohnt war, sollten ihm treulich geliefert sein. Hieran schlossen sich noch andere Bedingungen, wenig bedeutend, aber dem Hausherrn, Pächtern, Verwaltern, Gärtnern ungemein beschwerlich.

Der Obermarschall war übrigens von dem besten Humor; denn da er den Gedanken nicht fahren ließ, daß alles nach seinen Wünschen, wie es ihm sein leichtes Temperament vorgespiegelt hatte, sich endlich einrichten würde, so sorgte er für eine gute Tafel, machte sich einige Stunden auf einer mühelosen Jagd die nötige Bewegung, erzählte Geschichten auf Geschichten und zeigte durchaus das heiterste Gesicht; auch schied er auf gleiche Weise, dankte dem Major zum schönsten, daß er so brüderlich verfahren, verlangte noch etwas Geld, ließ die kleinen vorrätigen grauen Goldäpfel, welche dieses Jahr besonders wohl geraten waren, sorgfältig einpacken und fuhr mit diesem Schatz, den er als eine willkommene Verehrung der Fürstin zu überreichen gedachte, nach ihrem Witwensitz, wo er denn auch gnädig und freundlich empfangen ward.

Der Major an seiner Seite blieb mit ganz entgegengesetzten Gefühlen zurück und wäre an den Verschränkungen, die er vor sich fand, fast verzweifelt, wäre ihm nicht das Gefühl zu Hülfe gekommen, das einen tätigen Mann freudig aufrichtet, wenn er das Verworrene zu lösen, als entworren vor sich zu sehen hoffen darf.

Glücklicherweise war der Advokat ein rechtlicher Mann, der, weil er sonst viel zu tun hatte, diese Angelegenheit bald beendigte. Ebenso glücklich schlug sich ein Kammerdiener des Obermarschalls hinzu, der gegen mäßige Bedingungen in dem Geschäft mitzuwirken versprach, wodurch man einem gedeihlichen Abschluß entgegensehen durfte. So angenehm aber auch dieses war, so fühlte doch der Major als ein rechtlicher Mann im Hin- und Widerwirken bei dieser Angelegenheit, es bedürfe gar manches Unreinen, um ins Reine zu kommen.

Bei einer Pause des Geschäfts, die ihm einige Freiheit ließ, eilte er auf sein Gut, wo er, des Versprechens eingedenk, das er an die schöne Witwe getan und das ihm nicht aus dem Sinne gekommen war, seine Gedichte vorsuchte, die in guter Ordnung verwahrt lagen; zu gleicher Zeit kamen ihm manche Gedenk- und Erinnerungsbücher, Auszüge beim Lesen alter und neuer Schriftsteller enthaltend, wieder zur Hand. Bei seiner Vorliebe für Horaz und die römischen Dichter war das meiste daher, und es fiel ihm auf, daß die Stellen größtenteils Bedauern vergangner Zeit, vorübergeschwundner Zustände und Empfindungen andeuteten. Statt vieler rücken wir die einzige Stelle hier ein:

»Heu!
Quae mens est hodie, cur eadem non puero fuit?
Vel cur his animis incolumes non redeunt genae!«

»Wie ist heut mir doch zumute?
So vergnüglich und so klar!
Da bei frischem Knabenblute
Mir so wild, so düster war.
Doch wenn mich die Jahre zwacken,
Wie auch wohlgemut ich sei,
Denk' ich jene roten Backen,
Und ich wünsche sie herbei.«

196

Nachdem unser Freund nun aus wohlgeordneten Papieren das Jagdgedicht gar bald herausgefunden, erfreute er sich an der sorgfältigen Reinschrift, wie er sie vor Jahren mit lateinischen Lettern, groß Oktav, zierlichst verfaßt hatte. Die köstliche Brieftasche von bedeutender Größe nahm das Werk ganz bequem auf, und nicht leicht hat ein Autor sich so prächtig eingebunden gesehen. Einige Zeilen dazu waren höchst notwendig; Prosaisches aber kaum zulässig. Jene Stelle des Ovid fiel ihm wieder ein, und er glaubte jetzt durch eine poetische Umschreibung, so wie damals durch eine prosaische, sich am besten aus der Sache zu ziehen. Sie hieß:

»Nec factas solum vestes spectare juvabat,
Tum quoque dum fierent; tantus decor adfuit arti.«

Zu Deutsch:

»Ich sah's in meisterlichen Händen
– Wie denk' ich gern der schönen Zeit! –
Sich erst entwickeln, dann vollenden
Zu nie gesehner Herrlichkeit.
Zwar ich besitz' es gegenwärtig,
Doch soll ich mir nur selbst gestehn:
Ich wollt', es wäre noch nicht fertig,
Das Machen war doch gar zu schön!«

Mit diesem Übertragenen war unser Freund nur wenige Zeit zufrieden; er tadelte, daß er das schöne flektierte Verbum: dum fierent, in ein traurig abstraktes Substantivum verändert habe, und es verdroß ihn, bei allem Nachdenken die Stelle doch nicht verbessern zu können. Nun ward auf einmal seine Vorliebe zu den alten Sprachen wieder lebendig, und der Glanz des Deutschen Parnasses, auf den er doch auch im stillen hinaufstrebte, schien ihm sich zu verdunkeln.

Endlich aber, da er dieses heitere Kompliment, mit dem Urtexte unverglichen, noch ganz artig fand und glauben durfte, daß ein Frauenzimmer es ganz wohl aufnehmen würde, so entstand eine zweite Bedenklichkeit: daß, da man in Versen nicht galant sein kann, ohne verliebt zu scheinen, er dabei als künftiger Schwiegervater eine wunderliche Rolle spiele. Das Schlimmste jedoch fiel ihm zuletzt ein: jene

Ovidischen Verse werden von Arachnen gesagt, einer ebenso geschickten als hübschen und zierlichen Weberin. Wurde nun aber diese durch die neidische Minerva in eine Spinne verwandelt, so war es gefährlich, eine schöne Frau, mit einer Spinne, wenn auch nur von ferne, verglichen, im Mittelpunkte eines ausgebreiteten Netzes schweben zu sehen. Konnte man sich doch unter der geistreichen Gesellschaft, welche unsre Dame umgab, einen Gelehrten denken, welcher diese Nachbildung ausgewittert hätte. Wie sich nun der Freund aus einer solchen Verlegenheit gezogen, ist uns selbst unbekannt geblieben, und wir müssen diesen Fall unter diejenigen rechnen, über welche die Musen auch wohl einen Schleier zu werfen sich die Schalkheit erlauben. Genug, das Jagdgedicht selbst ward abgesendet, von welchem wir jedoch einige Worte nachzubringen haben.

Der Leser desselben belustigt sich an der entschiedenen Jagdliebhaberei und allem, was sie begünstigen mag; erfreulich ist der Jahreszeitenwechsel, der sie mannigfaltig aufruft und anregt. Die Eigenheiten sämtlicher Geschöpfe, denen man nachstellt, die man zu erlegen gesinnt ist, die verschiedenen Charaktere der Jäger, die sich dieser Lust, dieser Mühe hingeben, die Zufälligkeiten, wie sie befördern oder schädigen: alles war, besonders was auf das Geflügel Bezug hatte, mit der besten Laune dargestellt und mit großer Eigentümlichkeit behandelt.

Von der Auerhahnbalz bis zum zweiten Schnepfenstrich und von da bis zur Rabenhütte war nichts versäumt, alles wohl gesehen, klar aufgenommen, leidenschaftlich verfolgt, leicht und scherzhaft, oft ironisch dargestellt.

Jenes elegische Thema klang jedoch durch das Ganze durch; es war mehr als ein Abschied von diesen Lebensfreuden verfaßt, wodurch es zwar einen gefühlvollen Anstrich des heiter Durchlebten gewann und sehr wohltätig wirkte, aber doch zuletzt, wie jene Sinnsprüche, nach dem Genuß ein gewisses Leere empfinden ließ. War es das Umblättern dieser Papiere oder sonst ein augenblickliches Mißbefinden, der Major fühlte sich nicht heiter gestimmt. Daß die Jahre, die zuerst eine schöne Gabe nach der andern bringen, sie alsdann nach und nach wieder entziehen, schien er auf dem Scheidepunkt, wo er sich befand, auf einmal lebhaft zu fühlen. Eine versäumte Badereise, ein ohne Genuß verstrichener Sommer, Mangel an stetiger gewohnter Bewegung, alles ließ ihn gewisse körperliche Unbequemlichkeiten empfinden, die er für wirkliche Übel nahm und sich ungeduldiger dabei bewies, als billig sein mochte.

Wie aber den Frauen der Augenblick, wo ihre bisher unbestrittene Schönheit zweifelhaft werden will, höchst peinlich ist, so wird den Männern in gewissen Jahren, obgleich noch im völligen Vigor, das leiseste Gefühl einer unzulänglichen Kraft äußerst unangenehm, ja gewissermaßen ängstlich.

Ein anderer eintretender Umstand jedoch, der ihn hätte beunruhigen sollen, verhalf ihm zu der besten Laune. Sein kosmetischer Kammerdiener, der ihn auch bei dieser Landpartie nicht verlassen hatte, schien einige Zeit her einen andern Weg einzuschlagen, wozu ihn frühes Aufstehn des Majors, tägliches Ausreiten und Umhergehen desselben sowie der Zutritt mancher Beschäftigten, auch bei der Gegenwart des Obermarschalls mehrerer Geschäftslosen zu nötigen schien. Mit allen Kleinigkeiten, die nur die Sorgfalt eines Mimen zu beschäftigen das Recht hatten, ließ er den Major schon einige Zeit verschont, aber desto strenger hielt er auf einige Hauptpunkte, welche bisher durch ein geringeres Hokuspokus waren verschleiert gewesen. Alles, was nicht nur den Schein der Gesundheit bezwecken, sondern was die Gesundheit selbst aufrechterhalten sollte, ward eingeschärft, besonders aber Maß in allem und Abwechselung nach den Vorkommenheiten, Sorgfalt sodann für Haut und Haare, für Augenbrauen und Zähne, für Hände und Nägel, für deren zierlichste Form und schicklichste Länge der Wissende schon länger gesorgt hatte. Dabei wurde Mäßigung aberund abermals in allem, was den Menschen aus seinem Gleichgewicht zu bringen pflegt, dringend anempfohlen, worauf denn dieser Schönheits-Erhaltungs-Lehrer sich seinen Abschied erbat, weil er seinem Herrn nichts mehr nütze sei. Indes konnte man denken, daß er sich doch wohl wieder zu seinem vorigen Patron zurückwünschen mochte, um den mannigfaltigen Vergnügungen eines theatralischen Lebens fernerhin sich ergeben zu können.

Und wirklich tat es dem Major sehr wohl, wieder sich selbst gegeben zu sein. Der verständige Mann braucht sich nur zu mäßigen, so ist er auch glücklich. Er mochte sich der herkömmlichen Bewegung des Reitens, der Jagd und was sich daran knüpft, wieder mit Freiheit bedienen, die Gestalt Hilariens trat in solchen einsamen Momenten wieder freudig hervor, und er fügte sich in den Zustand des Bräutigams, vielleicht den anmutigsten, der uns in dem gesitteten Kreise des Lebens gegönnt ist.

Schon einige Monate waren die sämtlichen Familienglieder ohne besondere Nachricht voneinander geblieben; der Major beschäftigte sich, in der Residenz gewisse Einwilligungen und Bestätigungen seines Geschäfts abschließlich zu negoziieren; die Baronin und Hilarie richteten ihre Tätigkeit auf die heiterste, reichlichste Ausstattung; der Sohn, seiner Schönen mit Leidenschaft dienstpflichtig, schien hierüber alles zu vergessen. Der Winter war angekommen und umgab alle ländlichen Wohnungen mit unerfreulichen Sturmregen und frühzeitigen Finsternissen.

Wer heute durch eine düstre Novembernacht sich in der Gegend des adeligen Schlosses verirrt hätte und bei dem schwachen Lichte eines bedeckten Mondes Äcker, Wiesen, Baumgruppen, Hügel und Gebüsche düster vor sich liegen sähe, auf einmal aber bei einer schnellen Wendung um eine Ecke die ganz erleuchtete Fensterreihe eines langen Gebäudes vor sich erblickte, er hätte gewiß geglaubt, eine festlich geschmückte Gesellschaft dort anzutreffen. Wie sehr verwundert müßte er aber sein, von wenigen Bedienten erleuchtete Treppen hinaufgeführt, nur drei Frauenzimmer, die Baronin, Hilarien und das Kammermädchen, in hellen Zimmern zwischen klaren Wänden, neben freundlichem Hausrat, durchaus erwärmt und behaglich, zu erblicken.

Da wir nun aber die Baronin in einem festlichen Zustande zu überraschen glauben, so ist es notwendig, zu bemerken, daß diese 200 glänzende Erleuchtung hier nicht als außerordentlich anzusehen sei, sondern zu den Eigenheiten gehöre, welche die Dame aus ihrem frühern Leben mit herübergebracht hatte. Als Tochter einer Oberhofmeisterin, bei Hof erzogen, war sie gewohnt, den Winter allen übrigen Jahrszeiten vorzuziehen und den Aufwand einer stattlichen Erleuchtung zum Element aller ihrer Genüsse zu machen. Zwar an Wachskerzen fehlte es niemals, aber einer ihrer ältesten Diener hatte so große Lust an Künstlichkeiten, daß nicht leicht eine neue Lampenart entdeckt wurde, die er im Schlosse hie und da einzuführen nicht wäre bemüht gewesen, wodurch denn zwar die Erhellung mitunter lebhaft gewann, aber auch wohl gelegentlich hie und da eine partielle Finsternis eintrat.

Die Baronin hatte den Zustand einer Hofdame durch Verbindung mit einem bedeutenden Gutsbesitzer und entschiedenen Landwirt aus Neigung und wohlbedächtig vertauscht, und ihr einsichtiger Gemahl hatte, da ihr das Ländliche anfangs nicht zusagte, mit Einstimmung seiner Nachbarn, ja nach den Anordnungen der Regierung, die Wege mehrere Meilen ringsumher so gut hergestellt, daß die nachbarlichen Verbindungen nirgends in so gutem Stande gefunden wurden; doch war eigentlich bei dieser löblichen Anstalt die Hauptabsicht, daß die Dame, besonders zur guten Jahrszeit, überall hinrollen konnte; dagegen aber im Winter gern häuslich bei ihm verweilte, indem er durch Erleuchtung die Nacht dem Tag gleich zu machen wußte. Nach dem Tode des Gemahls gab die leidenschaftliche Sorge für ihre Tochter genugsame Beschäftigung, der öftere Besuch des Bruders herzliche Unterhaltung und die gewohnte Klarheit der Umgebung ein Behagen, das einer wahren Befriedigung gleichsah.

Den heutigen Tag war jedoch diese Erleuchtung recht am Platze; denn wir sehen in einem der Zimmer eine Art von Christbescherung aufgestellt, in die Augen fallend und glänzend. Das kluge Kammermädchen hatte den Kammerdiener dahin vermocht, die Erleuchtung zu steigern, und dabei alles zusammengelegt und ausgebreitet, was zur Ausstattung Hilariens bisher vorgearbeitet worden, eigentlich in der listigen Absicht, mehr das Fehlende zur Sprache zu bringen als dasjenige zu erheben, was schon geleistet war. Alles Notwendige fand sich, und zwar aus den feinsten Stoffen und von der zierlichsten Arbeit; auch an Willkürlichem war kein Mangel, und doch wußte Ananette überall da noch eine Lücke anschaulich zu machen, wo man ebensogut den schönsten Zusammenhang hätte finden können. Wenn nun alles Weißzeug, stattlich ausgekramt, die Augen blendete, Leinwand, Musselin und alle die zarteren Stoffe der Art, wie sie auch Namen haben mögen, genugsames Licht umherwarfen, so fehlte doch alles bunte Seidene, mit dessen Ankauf man weislich zögerte, weil man bei sehr veränderlicher Mode das Allerneueste als Gipfel und Abschluß hinzufügen wollte.

Nach diesem heitersten Anschauen schritten sie wieder zu ihrer gewöhnlichen, obgleich mannigfaltigen Abendunterhaltung. Die Baronin, die recht gut erkannte, was ein junges Frauenzimmer, wohin das Schicksal sie auch führen mochte, bei einem glücklichen Äußern auch von innen heraus anmutig und ihre Gegenwart wünschenswert macht, hatte in diesem ländlichen Zustande so viele abwechselnde und bildende Unterhaltungen einzuleiten gewußt, daß Hilarie bei ihrer großen Jugend schon überall zu Hause schien, bei keinem Gespräch sich fremd erwies und doch dabei ihren Jahren völlig gemäß sich erzeigte. Wie dies geleistet werden konnte, zu entwickeln, würde zu weitläufig sein; genug, dieser Abend war auch ein Musterbild des bisherigen Lebens. Ein geistreiches Lesen, ein anmutiges Pianospiel, ein lieblicher Gesang zog sich durch die Stunden durch, zwar wie sonst gefällig und regelmäßig, aber doch mit mehr Bedeutung; man hatte einen Dritten im Sinne, einen geliebten, verehrten Mann, dem man dieses und so manches andere zum freundlichsten Empfang vorübte. Es war ein bräutliches Gefühl, das nicht nur Hilarien mit den süßesten Empfindungen belebte; die Mutter mit feinem Sinne nahm ihren reinen Teil daran, und selbst Ananette, sonst nur klug und tätig, mußte sich gewissen entfernten Hoffnungen hingeben, die ihr einen abwesenden Freund als zurückkehrend, als gegenwärtig vorspiegelten. Auf diese Weise hatten sich die Empfindungen aller drei in ihrer Art liebenswürdigen Frauen mit der sie umgebenden Klarheit, mit einer wohltätigen Wärme, mit dem behaglichsten Zustande ins gleiche gestellt.

Heftiges Pochen und Rufen an dem äußersten Tor, Wortwechsel drohender und fordernder Stimmen, Licht- und Fackelschein im Hofe unterbrachen den zarten Gesang. Aber gedämpft war der Lärm, ehe man dessen Ursache erfahren hatte; doch ruhig ward es nicht, auf der Treppe Geräusch und lebhaftes Hin- und Hersprechen heraufkommender Männer. Die Türe sprang auf ohne Meldung, die Frauen entsetzten sich. Flavio stürzte herein in schauderhafter Gestalt, verworrenen Hauptes, auf dem die Haare teils borstig starrten, teils vom Regen durchnäßt niederhingen; zerfetzten Kleides, wie eines, der durch Dorn und Dickicht durchgestürmt, greulich beschmutzt, als durch Schlamm und Sumpf herangewadet.

»Mein Vater!« rief er aus, »wo ist mein Vater?« Die Frauen standen bestürzt; der alte Jäger, sein frühster Diener und liebevollster Pfleger, mit ihm eintretend, rief ihm zu: »Der Vater ist nicht hier, besänftigen Sie sich; hier ist Tante, hier ist Nichte, sehen Sie hin!« – »Nicht hier, nun so laßt mich weg, ihn zu suchen; er allein soll's hören, dann will ich sterben. Laßt mich von den Lichtern weg, von dem Tag, er blendet mich, er vernichtet mich.«

Der Hausarzt trat ein, ergriff seine Hand, vorsichtig den Puls fühlend, mehrere Bediente standen ängstlich umher. – »Was soll ich auf diesen Teppichen, ich verderbe sie, ich zerstöre sie; mein Unglück träuft auf sie herunter, mein verworfenes Geschick besudelt sie.« – Er drängte sich gegen die Türe, man benutzte das Bestreben, um ihn wegzuführen und in das entfernte Gastzimmer zu bringen, das der Vater zu bewohnen pflegte. Mutter und Tochter standen erstarrt, sie hatten Orest gesehen, von Furien verfolgt, nicht durch Kunst veredelt, in greulicher, widerwärtiger Wirklichkeit, die im Kontrast mit einer behaglichen Glanzwohnung im klarsten Kerzenschimmer nur desto fürchterlicher schien. Erstarrt sahen die Frauen sich an, und jede glaubte in den Augen der andern das Schreckbild zu sehen, das sich so tief in die ihrigen eingeprägt hatte.

Mit halber Besonnenheit sendete darauf die Baronin Bedienten auf Bedienten, sich zu erkundigen. Sie erfuhren zu einiger Beruhigung, daß man ihn auskleide, trockne, besorge; halb gegenwärtig, halb unbewußt lasse er alles geschehen. Wiederholtes Anfragen wurde zur Geduld verwiesen.

Endlich vernahmen die beängstigten Frauen, man habe ihm zur Ader gelassen und sonst alles Besänftigende möglichst angewendet; er sei zur Ruhe gebracht, man hoffe Schlaf.

Mitternacht kam heran, die Baronin verlangte, wenn er schlafe, ihn zu sehen; der Arzt widerstand, der Arzt gab nach; Hilarie drängte sich mit der Mutter herein. Das Zimmer war dunkel, nur eine Kerze dämmerte hinter dem grünen Schirm, man sah wenig, man hörte nichts; die Mutter näherte sich dem Bette, Hilarie, sehnsuchtsvoll, ergriff das Licht und beleuchtete den Schlafenden. So lag er abgewendet, aber ein höchst zierliches Ohr, eine volle Wange, jetzt bläßlich, schienen unter den schon wieder sich krausenden Locken auf das anmutigste hervor, eine ruhende Hand und ihre länglichen, zartkräftigen Finger zogen den unsteten Blick an. Hilarie, leise atmend, glaubte selbst einen leisen Atem zu vernehmen, sie näherte die Kerze, wie Psyche in Gefahr, die heilsamste Ruhe zu stören. Der Arzt nahm die Kerze weg und leuchtete den Frauen nach ihren Zimmern.

Wie diese guten, alles Anteils würdigen Personen ihre nächtlichen Stunden zugebracht, ist uns ein Geheimnis geblieben; den andern Morgen aber von früh an zeigten sich beide höchst ungeduldig. Des Anfragens war kein Ende, der Wunsch, den Leidenden zu sehen, bescheiden, doch dringend; nur gegen Mittag erlaubte der Arzt einen kurzen Besuch.

Die Baronin trat hinzu, Flavio reichte die Hand hin – »Verzeihung, liebste Tante, einige Geduld, vielleicht nicht lange« – Hilarie trat hervor, auch ihr gab er die Rechte – »Gegrüßt, liebe Schwester« – das fuhr ihr durchs Herz, er ließ nicht los, sie sahen einander an, das herrlichste Paar, kontrastierend im schönsten Sinne. Des Jünglings schwarze, funkelnde Augen stimmten zu den düstern, verwirrten Locken; dagegen stand sie scheinbar himmlisch in Ruhe, doch zu dem erschütternden Begebnis gesellte sich nun die ahnungsvolle Gegenwart. Die Benennung »Schwester« – ihr Allerinnerstes war aufgeregt. Die Baronin sprach: »Wie geht es, lieber Neffe?« – »Ganz leidlich, aber man behandelt mich übel.« – »Wieso?« – »Da haben sie mir Blut gelassen, das ist grausam; sie haben es weggeschafft, das ist frech; es gehört ja nicht mein, es gehört alles, alles ihre.« Mit diesen Worten schien sich seine Gestalt zu verwandeln, doch mit heißen Tränen verbarg er sein Antlitz ins Kissen.

Hilariens Miene zeigte der Mutter einen furchtbaren Ausdruck, es war, als wenn das liebe Kind die Pforten der Hölle vor sich eröffnet sähe, zum erstenmal ein Ungeheures erblickte und für ewig. Rasch, leidenschaftlich eilte sie durch den Saal, warf sich im letzten Kabinett auf den Sofa, die Mutter folgte und fragte, was sie leider schon begriff. Hilarie, wundersam aufblickend, rief: »Das Blut, das Blut, es gehört alles ihre, alles ihre, und sie ist es nicht wert. Der Unglückselige! der Arme!« Mit diesen Worten erleichterte der bitterste Tränenstrom das bedrängte Herz.

Wer unternähme es wohl, die aus dem Vorhergehenden sich entwickelnden Zustände zu enthüllen, an den Tag zu bringen das innere, aus dieser ersten Zusammenkunft den Frauen erwachsende Unheil? Auch dem Leidenden war sie höchst schädlich, so behauptete wenigstens der Arzt, der zwar oft genug zu berichten und zu trösten kam, aber sich doch verpflichtet fühlte, alles weitere Annähern zu verbieten. Dabei fand er auch eine willige Nachgiebigkeit, die Tochter wagte nicht zu verlangen, was die Mutter nicht zugegeben hätte, und so gehorchte man dem Gebot des verständigen Mannes. Dagegen brachte er aber 205 die beruhigende Nachricht, Flavio habe Schreibzeug verlangt, auch einiges aufgezeichnet, es aber sogleich neben sich im Bette versteckt. Nun gesellte sich Neugierde zu der übrigen Unruhe und Ungeduld, es waren peinliche Stunden. Nach einiger Zeit brachte er jedoch ein

Blättchen von schöner, freier Hand, obgleich mit Hast geschrieben, es enthielt folgende Zeilen:

»Ein Wunder ist der arme Mensch geboren,
In Wundern ist der irre Mensch verloren,
Nach welcher dunklen, schwer entdeckten Schwelle
Durchtappen pfadlos ungewisse Schritte?
Dann in lebendigem Himmelsglanz und Mitte
Gewahr', empfind' ich Nacht und Tod und Hölle.«

Hier nun konnte die edle Dichtkunst abermals ihre heilenden Kräfte erweisen. Innig verschmolzen mit Musik, heilt sie alle Seelenleiden aus dem Grunde, indem sie solche gewaltig anregt, hervorruft und in auflösenden Schmerzen verflüchtigt. Der Arzt hatte sich überzeugt, daß der Jüngling bald wieder herzustellen sei; körperlich gesund, werde er schnell sich wieder froh fühlen, wenn die auf seinem Geist lastende Leidenschaft zu heben oder zu lindern wäre. Hilarie sann auf Erwiderung; sie saß am Flügel und versuchte die Zeilen des Leidenden mit Melodie zu begleiten. Es gelang ihr nicht, in ihrer Seele klang nichts zu so tiefen Schmerzen; doch bei diesem Versuch schmeichelten Rhythmus und Reim sich dergestalt an ihre Gesinnungen an, daß sie jenem Gedicht mit lindernder Heiterkeit entgegnete, indem sie sich Zeit nahm, folgende Strophe auszubilden und abzurunden:

»Bist noch so tief in Schmerz und Qual verloren,
So bleibst du doch zum Jugendglück geboren;
Ermanne dich zu rasch gesundem Schritte,
Komm in der Freundschaft Himmelsglanz und Helle,
Empfinde dich in treuer Guten Mitte,
Da sprieße dir des Lebens heitre Quelle.«

Der ärztliche Hausfreund übernahm die Botschaft, sie gelang, schon erwiderte der Jüngling gemäßigt; Hilarie fuhr mildernd fort, und so schien man nach und nach wieder einen heitern Tag, einen freien Boden zu gewinnen, und vielleicht ist es uns vergönnt, den ganzen Verlauf dieser holden Kur gelegentlich mitzuteilen. Genug, einige Zeit verstrich in solcher Beschäftigung höchst angenehm; ein ruhiges Wiedersehen bereitete sich vor, das der Arzt nicht länger als nötig zu verspäten gedachte.

Indessen hatte die Baronin mit Ordnen und Zurechtlegen alter Papiere sich beschäftigt, und diese dem gegenwärtigen Zustande ganz angemessene Unterhaltung wirkte gar wundersam auf den erregten Geist. Sie sah manche Jahre ihres Lebens zurück, schwere drohende Leiden waren vorübergegangen, deren Betrachtung den Mut für den Moment kräftigte; besonders rührte sie die Erinnerung an ein schönes Verhältnis zu Makarien, und zwar in bedenklichen Zuständen. Die Herrlichkeit jener einzigen Frau ward ihr wieder vor die Seele gebracht und sogleich der Entschluß gefaßt, sich auch diesmal an sie zu wenden: denn zu wem sonst hätte sie ihre gegenwärtigen Gefühle richten, wem sonst Furcht und Hoffnung offen bekennen sollen?

Bei dem Aufräumen fand sie aber auch unter andern des Bruders Miniaturporträt und mußte über die Ähnlichkeit mit dem Sohne lächelnd seufzen. Hilarie überraschte sie in diesem Augenblick, bemächtigte sich des Bildes, und auch sie ward von jener Ähnlichkeit wundersam betroffen.

So verging einige Zeit; endlich mit Vergünstigung des Arztes und in seinem Geleite trat Flavio angemeldet zum Frühstück herein. Die Frauen hatten sich vor dieser ersten Erscheinung gefürchtet. Wie aber gar oft in bedeutenden, ja schrecklichen Momenten etwas Heiteres, ja Lächerliches sich zu ereignen pflegt, so glückte es auch hier. Der Sohn kam völlig in des Vaters Kleidern; denn da von seinem Anzug nichts zu brauchen war, so hatte man sich der Feld- und Hausgarderobe des Majors bedient, die er, zu bequemem Jagd- und Familienleben, bei der Schwester in Verwahrung ließ. Die Baronin lächelte und nahm sich zusammen; Hilarie war, sie wußte nicht wie, betroffen, genug, sie wendete das Gesicht weg, und dem jungen Manne wollte in diesem Augenblick weder ein herzliches Wort von den Lippen noch eine Phrase glücken. Um nun sämtlicher Gesellschaft aus der Verlegenheit zu helfen, begann der Arzt eine Vergleichung beider Gestalten. Der Vater sei etwas größer, hieß es, und deshalb der Rock etwas zu lang; dieser sei etwas breiter, deshalb der Rock über die Schulter zu eng. Beide Mißverhältnisse gaben dieser Maskerade ein komisches Ansehen.

Durch diese Einzelheiten jedoch kam man über das Bedenkliche des Augenblicks hinaus. Für Hilarien freilich blieb die Ähnlichkeit des jugendlichen Vaterbildes mit der frischen Lebensgegenwart des Sohnes unheimlich, ja bedrängend.

Nun aber wünschten wir wohl den nächsten Zeitverlauf von einer zarten Frauenhand umständlich geschildert zu sehen, da wir nach eigener Art und Weise uns nur mit dem Allgemeinsten befassen dürfen. Hier muß denn nun von dem Einfluß der Dichtkunst abermals die Rede sein.

Ein gewisses Talent konnte man unserm Flavio nicht absprechen, es bedurfte jedoch nur zu sehr eines leidenschaftlich-sinnlichen Anlasses, wenn etwas Vorzügliches gelingen sollte; deswegen denn auch fast alle Gedichte, jener unwiderstehlichen Frau gewidmet, höchst eindringend und lobenswert erschienen und nun, einer gegenwärtigen, höchst liebenswürdigen Schönen mit enthusiastischem Ausdruck vorgelesen, nicht geringe Wirkung hervorbringen mußten.

Ein Frauenzimmer, das eine andere leidenschaftlich geliebt sieht, bequemt sich gern zu der Rolle einer Vertrauten; sie hegt ein heimlich, kaum bewußtes Gefühl, daß es nicht unangenehm sein müßte, sich an die Stelle der Angebeteten leise gehoben zu sehen. Auch ging die Unterhaltung immer mehr und mehr ins Bedeutende. Wechselgedichte, wie sie der Liebende gern verfaßt, weil er sich von seiner Schönen, wenn auch nur bescheiden, halb und halb kann erwidern lassen, was er wünscht und was er aus ihrem schönen Munde zu hören kaum erwarten dürfte. Dergleichen wurden mit Hilarien auch wechselsweise gelesen, und zwar, da es nur aus der einen Handschrift geschah, in welche man beiderseits, um zu rechter Zeit einzufallen, hineinschauen und zu diesem Zweck jedes das Bändchen anfassen mußte, so fand sich, daß man, nahe sitzend, nach und nach Person an Person, Hand an Hand immer näher rückte und die Gelenke sich ganz natürlich zuletzt im verborgnen berührten.

Aber bei diesen schönen Verhältnissen, unter solchen daraus entspringenden allerliebsten Annehmlichkeiten fühlte Flavio eine schmerzliche Sorge, die er schlecht verbarg und immerfort nach der Ankunft seines Vaters sich sehnend, zu bemerken gab, daß er diesem das Wichtigste zu vertrauen habe. Dieses Geheimnis indes wäre, bei einigem Nachdenken, nicht schwer zu erraten gewesen. Jene reizende Frau mochte in einem bewegten, von dem zudringlichen Jüngling hervorgerufnen Momente den Unglücklichen entschieden abgewiesen und die bisher hartnäckig behauptete Hoffnung aufgehoben und zerstört haben. Eine Szene, wie dies zugegangen, wagten wir nicht zu schildern, aus Furcht hier möchte uns die jugendliche Glut ermangeln. Genug, er war so wenig bei sich selbst, daß er sich eiligst aus der Garnison ohne Urlaub entfernte und, um seinen Vater aufzusuchen, durch Nacht, Sturm und Regen nach dem Landgut seiner Tante verzweifelnd zu gelangen trachtete, wie wir ihn auch vor kurzem haben ankommen sehen. Die Folgen eines solchen Schrittes fielen ihm nun bei Rückkehr nüchterner Gedanken lebhaft auf, und er wußte, da der Vater immer länger ausblieb und er die einzige mögliche Vermittlung entbehren sollte, sich weder zu fassen noch zu retten.

Wie erstaunt und betroffen war er deshalb, als ihm ein Brief seines Obristen eingehändigt wurde, dessen bekanntes Siegel er mit Zaudern und Bangigkeit auflöste, der aber nach den freundlichsten Worten damit endigte, daß der ihm erteilte Urlaub noch um einen Monat sollte verlängert werden.

So unerklärlich nun auch diese Gunst schien, so ward er doch dadurch von einer Last befreit, die sein Gemüt fast ängstlicher als die verschmähte Liebe selbst zu drücken begann. Er fühlte nun ganz das Glück, bei seinen liebenswürdigen Verwandten so wohl aufgehoben zu sein; er durfte sich der Gegenwart Hilariens erfreuen und war nach kurzem in allen seinen angenehm-geselligen Eigenschaften wiederhergestellt, die ihn der schönen Witwe selbst sowohl als ihrer Umgebung auf eine Zeitlang notwendig gemacht hatten und nur durch eine peremtorische Forderung ihrer Hand für immer verfinstert worden.

In solcher Stimmung konnte man die Ankunft des Vaters gar wohl erwarten, auch wurden sie durch eintretende Naturereignisse zu einer tätigen Lebensweise aufgeregt. Das anhaltende Regenwetter, das sie bisher in dem Schloß zusammenhielt, hatte überall, in großen Wassermassen niedergehend, Fluß um Fluß angeschwellt; es waren Dämme gebrochen, und die Gegend unter dem Schlosse lag als ein blanker See, aus welchem die Dorfschaften, Meierhöfe, größere und kleinere Besitztümer, zwar auf Hügeln gelegen, doch immer nur inselartig hervorschauten.

Auf solche zwar seltene, aber denkbare Fälle war man eingerichtet; die Hausfrau befahl, und die Diener führten aus. Nach der ersten allgemeinsten Beihülfe ward Brot gebacken, Stiere wurden geschlachtet, Fischerkähne fuhren hin und her, Hülfe und Vorsorge nach allen Enden hin verbreitend. Alles fügte sich schön und gut, das freundlich Gegebene ward freudig und dankbar aufgenommen, nur an einem Orte wollte man den austeilenden Gemeindevorstehern nicht trauen; Flavio übernahm das Geschäft und fuhr mit einem wohlbeladenen Kahn eilig und glücklich zur Stelle. Das einfache Geschäft, einfach behandelt, gelang zum besten; auch entledigte sich, weiterfahrend, unser Jüngling eines Auftrags, den ihm Hilarie beim Scheiden gegeben. Gerade in den Zeitpunkt dieser Unglückstage war die Niederkunft einer Frau gefallen, für die sich das schöne Kind besonders interessierte. Flavio fand die Wöchnerin und brachte allgemeinen und diesen besondern Dank mit nach Hause. Dabei konnte es nun an mancherlei Erzählungen nicht fehlen. War auch niemand umgekommen, so hatte man von wunderbaren Rettungen, von seltsamen, scherzhaften, ja lächerlichen Ereignissen viel zu sprechen; manche notgedrungene Zustände wurden interessant beschrieben. Genug, Hilarie empfand auf einmal ein unwiderstehliches Verlangen, gleichfalls eine Fahrt zu unternehmen, die Wöchnerin zu begrüßen, zu beschenken und einige heitere Stunden zu verleben.

Nach einigem Widerstand der guten Mutter siegte endlich der freudige Wille Hilariens, dieses Abenteuer zu bestehen, und wir wollen gern bekennen, in dem Laufe, wie diese Begebenheit uns bekannt geworden, einigermaßen besorgt gewesen zu sein, es möge hier einige Gefahr obschweben, ein Stranden, ein Umschlagen des Kahns, Lebensgefahr der Schönen, kühne Rettung von seiten des Jünglings, um das lose geknüpfte Band noch fester zu ziehen. Aber von allem diesem war nicht die Rede, die Fahrt lief glücklich ab, die, Wöchnerin ward besucht und beschenkt; die Gesellschaft des Arztes blieb nicht ohne gute Wirkung, und wenn hier und da ein kleiner Anstoß sich hervortat, wenn der Anschein eines gefährlichen Moments die Fortrudernden zu beunruhigen schien, so endete solches nur mit neckendem Scherz, daß eins dem andern eine ängstliche Miene, eine größere Verlegenheit, eine furchtsame Gebärde wollte abgemerkt haben. Indessen war das wechselseitige Vertrauen bedeutend gewachsen; die Gewohnheit, sich zu sehen und unter allen Umständen zusammen zu sein, hatte sich verstärkt, und die gefährliche Stellung, wo Verwandtschaft und Neigung zum wechselseitigen Annähern und Festhalten sich berechtigt glauben, ward immer bedenklicher.

Anmutig sollten sie jedoch auf solchen Liebeswegen immer weiter und weiter verlockt werden. Der Himmel klärte sich auf, eine gewaltige Kälte, der Jahreszeit gemäß, trat ein, die Wasser gefroren, ehe sie verlaufen konnten. Da veränderte sich das Schauspiel der Welt vor allen Augen auf einmal; was durch Fluten erst getrennt war, hing nunmehr durch befestigten Boden zusammen, und alsobald tat sich als erwünschte Vermittlerin die schöne Kunst hervor, welche, die ersten raschen Wintertage zu verherrlichen und neues Leben in das Erstarrte zu bringen, im hohen Norden erfunden worden. Die Rüstkammer öffnete sich, jedermann suchte nach seinen gezeichneten Stahlschuhen, begierig, die reine, glatte Fläche, selbst mit einiger Gefahr, als der erste zu beschreiten. Unter den Hausgenossen fanden sich viele zu höchster Leichtigkeit Geübte; denn dieses Vergnügen ward ihnen fast jedes Jahr auf benachbarten Seen und verbindenden Kanälen, diesmal aber in der fernhin erweiterten Fläche.

Flavio fühlte sich nun erst durch und durch gesund, und Hilarie, seit ihren frühsten Jahren von dem Oheim angeleitet, bewies sich so 211 lieblich als kräftig auf dem neu erschaffenen Boden; man bewegte sich lustig und lustiger, bald zusammen, bald einzeln, bald getrennt, bald vereint. Scheiden und Meiden, was sonst so schwer aufs Herz fällt, ward hier zum kleinen, scherzhaften Frevel, man floh sich, um sich einander augenblicks wieder zu finden.

Aber innerhalb dieser Lust und Freudigkeit bewegte sich auch eine Welt des Bedürfnisses; immer waren bisher noch einige Ortschaften nur halb versorgt geblieben, eilig flogen nunmehr auf tüchtig bespannten Schlitten die nötigsten Waren hin und wider, und was der Gegend noch mehr zugute kam, war, daß man aus manchen der vorübergehenden Hauptstraße allzu fernen Orten nunmehr schnell die Erzeugnisse des Feldbaues und der Landwirtschaft in die nächsten Magazine der kleinen Städte und Flecken bringen und von dorther aller Art Waren zurückführen konnte. Nun war auf einmal eine bedrängte, den bittersten Mangel empfindende Gegend wieder befreit, wieder versorgt, durch eine glatte, dem Geschickten, dem Kühnen geöffnete Fläche verbunden.

Auch das junge Paar unterließ nicht, bei vorwaltendem Vergnügen mancher Pflichten einer liebevollen Anhänglichkeit zu gedenken. Man besuchte jene Wöchnerin, begabte sie mit allem Notwendigen; auch andere wurden heimgesucht: Alte, für deren Gesundheit man besorgt gewesen; Geistliche, mit denen man erbauliche Unterhaltung sittlich zu pflegen gewohnt war und sie jetzt in dieser Prüfung noch achtenswerter fand; kleinere Gutsbesitzer, die kühn genug vor Zeiten sich in gefährliche Niederungen angebaut, diesmal aber, durch wohlangelegte Dämme geschützt, unbeschädigt geblieben – und nach grenzenloser Angst sich ihres Daseins doppelt erfreuten. Jeder Hof, jedes Haus, jede Familie, jeder einzelne hatte seine Geschichte, er war sich und auch wohl andern eine bedeutende Person geworden, deswegen fiel auch einer dem andern Erzählenden leicht in die Rede. Eilig war jeder im Sprechen und Handeln, Kommen und Gehen, denn es blieb immer die Gefahr, ein plötzliches Tauwetter möchte den ganzen schönen Kreis glücklichen Wechselwirkens zerstören, die Wirte bedrohen und die Gäste vom Hause abschneiden.

War man den Tag in so rascher Bewegung und dem lebhaftesten Interesse beschäftigt, so verlieh der Abend auf ganz andere Weise die angenehmsten Stunden; denn das hat die Eislust vor allen andern körperlichen Bewegungen voraus, daß die Anstrengung nicht erhitzt und die Dauer nicht ermüdet. Sämtliche Glieder scheinen gelenker zu werden und jedes Verwenden der Kraft neue Kräfte zu erzeugen, so daß zuletzt eine selig bewegte Ruhe über uns kommt, in der wir uns zu wiegen immerfort gelockt sind.

Heute nun konnte sich unser junges Paar von dem glatten Boden nicht loslösen, jeder Lauf gegen das erleuchtete Schloß, wo sich schon viele Gesellschaft versammelte, ward plötzlich umgewendet und eine Rückkehr ins Weite beliebt; man mochte sich nicht voneinander ent-fernen, aus Furcht, sich zu verlieren, man faßte sich bei der Hand, um der Gegenwart ganz gewiß zu sein. Am allersüßesten aber schien die Bewegung, wenn über den Schultern die Arme verschränkt ruhten und die zierlichen Finger unbewußt in beiderseitigen Locken spielten.

Der volle Mond stieg zu dem glühenden Sternenhimmel herauf und vollendete das Magische der Umgebung. Sie sahen sich wieder deutlich und suchten wechselseitig in den beschatteten Augen Erwiderung wie sonst, aber es schien anders zu sein. Aus ihren Abgründen schien ein Licht hervorzublicken und anzudeuten, was der Mund weislich ver-schwieg, sie fühlten sich beide in einem festlich behäglichen Zustande.

Alle hochstämmigen Weiden und Erlen an den Gräben, alles niedrige Gebüsch auf Höhen und Hügeln war deutlich geworden; die Sterne flammten, die Kälte war gewachsen, sie fühlten nichts davon und fuhren dem lang daherglitzernden Widerschein des Mondes, unmittelbar dem himmlischen Gestirn selbst entgegen. Da blickten sie auf und sahen im Geflimmer des Widerscheins die Gestalt eines Mannes hin und her schweben, der seinen Schatten zu verfolgen schien und selbst dunkel, vom Lichtglanz umgeben, auf sie zuschritt; unwillkürlich wendeten sie sich ab, jemanden zu begegnen wäre widerwärtig gewesen. Sie vermieden die immerfort sich herbewegende Gestalt, die Gestalt schien sie nicht bemerkt zu haben und verfolgte ihren geraden Weg nach dem Schlosse. Doch verließ sie auf einmal diese Richtung und umkreiste mehrmals das fast beängstigte Paar. Mit einiger Besonnenheit suchten sie für sich die Schattenseite zu gewinnen, im vollen Mondglanz fuhr jener auf sie zu, er stand nah vor ihnen, es war unmöglich, den Vater zu verkennen.

Hilarie, den Schritt anhaltend, verlor in Überraschung das Gleichgewicht und stürzte zu Boden, Flavio lag zu gleicher Zeit auf einem Knie und faßte ihr Haupt in seinen Schoß auf, sie verbarg ihr Angesicht, sie wußte nicht, wie ihr geworden war. – »Ich hole einen Schlitten, dort unten fährt noch einer vorüber, ich hoffe, sie hat sich nicht beschädigt; hier, bei diesen hohen drei Erlen find' ich euch wieder!« so sprach der Vater und war schon weit hinweg. Hilarie raffte sich an dem Jüngling empor. – »Laß uns fliehen«, rief sie, »das ertrag' ich nicht.« – Sie bewegte sich nach der Gegenseite des Schlosses heftig, daß Flavio sie nur mit einiger Anstrengung erreichte, er gab ihr die freundlichsten Worte.

Auszumalen ist nicht die innere Gestalt der drei nunmehr nächtlich auf der glatten Fläche im Mondschein Verirrten, Verwirrten. Genug, sie gelangten spät nach dem Schlosse, das junge Paar einzeln, sich nicht zu berühren, sich nicht zu nähern wagend, der Vater mit dem leeren Schlitten, den er vergebens ins Weite und Breite hülfreich herumgeführt hatte. Musik und Tanz waren schon im Gange, Hilarie, unter dem Vorwand schmerzlicher Folgen eines schlimmen Falles, verbarg sich in ihr Zimmer, Flavio überließ Vortanz und Anordnung sehr gern einigen jungen Gesellen, die sich deren bei seinem Außenbleiben schon bemächtigt hatten. Der Major kam nicht zum Vorschein und fand es wunderlich, obgleich nicht unerwartet, sein Zimmer wie bewohnt anzutreffen, die eignen Kleider, Wäsche und Gerätschaften, nur nicht so ordentlich, wie er's gewohnt war, umherliegend. Die Hausfrau versah mit anständigem Zwang ihre Pflichten, und wie froh war sie, als alle Gäste, schicklich untergebracht, ihr endlich Raum ließen, mit dem Bruder sich zu erklären. Es war bald getan, doch brauchte es Zeit, sich von der Überraschung zu erholen, das Unerwartete zu begreifen, die

Zweifel zu heben, die Sorge zu beschwichtigen; an Lösung des Knotens, an Befreiung des Geistes war nicht sogleich zu denken.

Unsere Leser überzeugen sich wohl, daß von diesem Punkte an wir beim Vortrag unserer Geschichte nicht mehr darstellend, sondern erzählend und betrachtend verfahren müssen, wenn wir in die Gemütszustände, auf welche jetzt alles ankommt, eindringen und sie uns vergegenwärtigen wollen.

Wir berichten also zuerst, daß der Major, seitdem wir ihn aus den Augen verloren, seine Zeit fortwährend jenem Familiengeschäft gewidmet, dabei aber, so schön und einfach es auch vorlag, doch in manchem Einzelnen auf unerwartete Hindernisse traf. Wie es denn überhaupt so leicht nicht ist, einen alten verworrenen Zustand zu entwickeln und die vielen verschränkten Fäden auf einen Knaul zu winden. Da er nun deshalb den Ort öfters verändern mußte, um bei verschiedenen Stellen und Personen die Angelegenheit zu betreiben, so gelangten die Briefe der Schwester nur langsam und unordentlich zu ihm. Die Verirrung des Sohnes und dessen Krankheit erfuhr er zuerst; dann hörte er von einem Urlaub, den er nicht begriff. Daß Hilariens Neigung im Umwenden begriffen sei, blieb ihm verborgen, denn wie hätte die Schwester ihn davon unterrichten mögen!

Auf die Nachricht der Überschwemmung beschleunigte er seine Reise, kam jedoch erst nach eingefallenem Frost in die Nähe der Eisfelder, schaffte sich Schrittschuhe, sendete Knechte und Pferde durch einen Umweg nach dem Schlosse, und sich mit raschem Lauf dorthin bewegend, gelangte er, die erleuchteten Fenster schon von ferne schauend, in einer tagklaren Nacht zum unerfreulichsten Anschauen und war mit sich selbst in die unangenehmste Verwirrung geraten.

Der Übergang von innerer Wahrheit zum äußern Wirklichen ist im Kontrast immer schmerzlich; und sollte Lieben und Bleiben nicht eben die Rechte haben wie Scheiden und Meiden? Und doch, wenn sich eins vom andern losreißt, entsteht in der Seele eine ungeheure Kluft, in der schon manches Herz zugrunde ging. Ja der Wahn hat, solange er dauert, eine unüberwindliche Wahrheit, und nur männliche, tüchtige Geister werden durch Erkennen eines Irrtums erhöht und gestärkt. Eine solche Entdeckung hebt sie über sich selbst, sie stehen über sich erhoben und blicken, indem der alte Weg versperrt ist, schnell umher nach einem neuen, um ihn alsofort frisch und mutig anzutreten.

Unzählig sind die Verlegenheiten, in welche sich der Mensch in solchen Augenblicken versetzt sieht; unzählig die Mittel, welche eine erfinderische Natur innerhalb ihrer eignen Kräfte zu entdecken, sodann aber auch, wenn diese nicht auslangen, außerhalb ihres Bereichs freundlich anzudeuten weiß.

Zu gutem Glück jedoch war der Major durch ein halbes Bewußtsein, ohne sein Wollen und Trachten, schon auf einen solchen Fall im tiefsten vorbereitet. Seitdem er den kosmetischen Kammerdiener verabschiedet, sich seinem natürlichen Lebensgange wieder überlassen, auf den Schein Ansprüche zu machen aufgehört hatte, empfand er sich am eigentlichen körperlichen Behagen einigermaßen verkürzt. Er empfand das Unangenehme eines Überganges vom ersten Liebhaber zum zärtlichen Vater; und doch wollte diese Rolle immer mehr und mehr sich ihm aufdringen. Die Sorgfalt für das Schicksal Hilariens und der Seinigen trat immer zuerst in seinen Gedanken hervor, bis das Gefühl von Liebe, von Hang, von Verlangen annähernder Gegenwart sich erst später entfaltete. Und wenn er sich Hilarien in seinen Armen dachte, so war es ihr Glück, was er beherzigte, das er ihr zu schaffen wünschte, mehr als die Wonne, sie zu besitzen. Ja er mußte sich, wenn er ihres Andenkens rein genießen wollte, zuerst ihre himmlisch ausgesprochene Neigung, er mußte jenen Augenblick denken, wo sie sich ihm so unverhofft gewidmet hatte.

Nun aber, da er in klarster Nacht ein vereintes junges Paar vor sich gesehen, die Liebenswürdigste zusammenstürzend, in dem Schoße des Jünglings, beide seiner verheißenen hülfreichen Wiederkunft nicht achtend, ihn an dem genau bezeichneten Orte nicht erwartend, verschwunden in die Nacht, und er sich selbst im düstersten Zustande überlassen: wer fühlte das mit und verzweifelte nicht in seine Seele?

216

Die an Vereinigung gewöhnte, auf nähere Vereinigung hoffende Familie hielt sich bestürzt auseinander; Hilarie blieb hartnäckig auf ihrem Zimmer, der Major nahm sich zusammen, von seinem Sohne den früheren Hergang zu erfahren. Das Unheil war durch einen weiblichen Frevel der schönen Witwe verursacht. Um ihren bisher leidenschaftlichen Verehrer Flavio einer andern Liebenswürdigen, welche Absicht auf ihn verriet, nicht zu überlassen, wendet sie mehr scheinbare Gunst, als billig ist, an ihn. Er, dadurch aufgeregt und ermutigt, sucht seine Zwecke heftig bis ins Ungehörige zu verfolgen, worüber denn erst Widerwärtigkeit und Zwist, darauf ein entschiedener Bruch dem ganzen Verhältnis unwiederbringlich ein Ende macht.

Väterlicher Milde bleibt nichts übrig, als die Fehler der Kinder, wenn sie traurige Folgen haben, zu bedauern und, wo möglich, herzustellen; gehen sie läßlicher, als zu hoffen war, vorüber, sie zu verzeihen und zu vergessen. Nach wenigem Bedenken und Bereden ging Flavio sodann, um an der Stelle seines Vaters manches zu besorgen, auf die übernommenen Güter und sollte dort bis zum Ablauf seines Urlaubs verweilen, dann sich wieder ans Regiment anschließen, welches indessen in eine andere Garnison verlegt worden.

Eine Beschäftigung mehrerer Tage war es für den Major, Briefe und Pakete zu eröffnen, welche sich während seines längeren Ausbleibens bei der Schwester gehäuft hatten. Unter andern fand er ein Schreiben jenes kosmetischen Freundes, des wohlkonservierten Schauspielers. Dieser, durch den verabschiedeten Kammerdiener benachrichtigt von dem Zustande des Majors und von dem Vorsatze, sich zu verheiraten, trug mit der besten Laune die Bedenklichkeiten vor, die man bei einem solchen Unternehmen vor Augen haben sollte; er behandelte die Angelegenheit auf seine Weise und gab zu bedenken, daß für einen Mann in gewissen Jahren das sicherste kosmetische Mittel sei, sich des schönen Geschlechts zu enthalten und einer löblichen, bequemen Freiheit zu genießen. Nun zeigte der Major lächelnd das Blatt seiner Schwester, zwar scherzend, aber doch ernstlich genug auf die Wichtigkeit des Inhaltes hindeutend. Auch war ihm indessen ein Gedicht eingefallen, dessen rhythmische Ausführung uns nicht gleich beigeht, dessen Inhalt jedoch durch zierliche Gleichnisse und anmutige Wendung sich auszeichnete:

»Der späte Mond, der zur Nacht noch anständig leuchtet, verblaßt vor der aufgehenden Sonne; der Liebeswahn des Alters verschwindet in Gegenwart leidenschaftlicher Jugend; die Fichte, die im Winter frisch und kräftig erscheint, sieht im Frühling verbräunt und mißfärbig aus, neben hell aufgrünender Birke.«

Wir wollen jedoch weder Philosophie noch Poesie als die entscheidenden Helferinnen zu einer endlichen Entschließung hier vorzüglich preisen; denn wie ein kleines Ereignis die wichtigsten Folgen haben kann, so entscheidet es auch oft, wo schwankende Gesinnungen obwalten, die Waage dieser oder jener Seite zuneigend. Dem Major war vor kurzem ein Vorderzahn ausgefallen, und er fürchtete, den zweiten zu verlieren. An eine künstlich scheinbare Wiederherstellung war bei seinen Gesinnungen nicht zu denken, und mit diesem Mangel um eine junge Geliebte zu werben, fing an, ihm ganz erniedrigend zu scheinen, besonders jetzt, da er sich mit ihr unter einem Dach befand. Früher oder später hätte vielleicht ein solches Ereignis wenig gewirkt, gerade in diesem Augenblicke aber trat ein solcher Moment ein, der einem jeden an eine gesunde Vollständigkeit gewöhnten Menschen höchst widerwärtig begegnen muß. Es ist ihm, als wenn der Schlußstein seines organischen Wesens entfremdet wäre und das übrige Gewölbe nun auch nach und nach zusammenzustürzen drohte.

Wie dem auch sei, der Major unterhielt sich mit seiner Schwester gar bald einsichtig und verständig über die so verwirrt scheinende Angelegenheit; sie mußten beide bekennen, daß sie eigentlich nur durch einen Umweg ans Ziel gelangt seien, ganz nahe daran, von dem sie sich zufällig, durch äußern Anlaß, durch Irrtum eines unerfahrnen Kindes verleitet, unbedachtsam entfernt; sie fanden nichts natürlicher, als auf diesem Wege zu verharren, eine Verbindung beider Kinder einzuleiten und ihnen sodann jede elterliche Sorgfalt, wozu sie sich die Mittel zu verschaffen gewußt, treu und unablässig zu widmen. 218 Völlig in Übereinstimmung mit dem Bruder, ging die Baronin zu Hilarien ins Zimmer. Diese saß am Flügel, zu eigner Begleitung singend und die eintretende Begrüßende mit heiterem Blick und Beugung zum Anhören gleichsam einladend. Es war ein angenehmes, beruhigendes Lied, das eine Stimmung der Sängerin aussprach, die nicht besser wäre zu wünschen gewesen. Nachdem sie geendigt hatte, stand sie auf, und ehe die ältere Bedächtige ihren Vortrag beginnen konnte, fing sie zu sprechen an: »Beste Mutter! es war schön, daß wir über die wichtigste Angelegenheit so lange geschwiegen; ich danke Ihnen, daß Sie bis jetzt diese Saite nicht berührten, nun aber ist es wohl Zeit, sich zu erklären, wenn es Ihnen gefällig ist. Wie denken Sie sich die Sache?«

Die Baronin, höchst erfreut über die Ruhe und Milde, zu der sie ihre Tochter gestimmt fand, begann sogleich ein verständiges Darlegen der frühern Zeit, der Persönlichkeit ihres Bruders und seiner Verdienste; sie gab den Eindruck zu, den der einzige Mann von Wert, der einem jungen Mädchen so nahe bekannt geworden, auf ein freies Herz notwendig machen müsse, und wie sich daraus, statt kindlicher Ehrfurcht und Vertrauen, gar wohl eine Neigung, die als Liebe, als Leidenschaft sich zeige, entwickeln könne. Hilarie hörte aufmerksam zu und gab durch bejahende Mienen und Zeichen ihre völlige Einstimmung zu erkennen; die Mutter ging auf den Sohn über, und jene ließ ihre langen Augenwimpern fallen; und wenn die Rednerin nicht so rühmliche Argumente für den Jüngeren fand, als sie für den Vater anzuführen gewußt hatte, so hielt sie sich hauptsächlich an die Ähnlichkeit beider, an den Vorzug, den diesem die Jugend gebe, der zugleich, als vollkommen gattlicher Lebensgefährte gewählt, die völlige Verwirklichung des väterlichen Daseins von der Zeit wie billig verspräche. Auch hierin schien Hilarie gleichstimmig zu denken, obschon ein etwas ernsterer Blick und ein manchmal niederschauendes Auge eine gewisse in diesem Fall höchst natürliche innere Bewegung verrieten. Auf die äußeren

glücklichen, gewissermaßen gebietenden Umstände lenkte sich hierauf der Vortrag. Der abgeschlossene Vergleich, der schöne Gewinn für die Gegenwart, die nach manchen Seiten hin sich erweiternden Aussichten, alles ward völlig der Wahrheit gemäß vor Augen gestellt, da es zuletzt auch an Winken nicht fehlen konnte, wie Hilarien selbst erinnerlich sein müsse, daß sie früher dem mit ihr heranwachsenden Vetter, und wenn auch nur wie im Scherze, sei verlobt gewesen. Aus alle dem Vorgesagten zog nun die Mutter den sich selbst ergebenden Schluß, daß nun mit ihrer und des Oheims Einwilligung die Verbindung der jungen Leute ungesäumt stattfinden könne.

Hilarie, ruhig blickend und sprechend, erwiderte darauf, sie könne diese Folgerung nicht sogleich gelten lassen, und führte gar schön und anmutig dagegen an, was ein zartes Gemüt gewiß mit ihr gleich empfinden wird, und das wir mit Worten auszuführen nicht unternehmen.

Vernünftige Menschen, wenn sie etwas Verständiges ausgesonnen, wie diese oder jene Verlegenheit zu beseitigen wäre, dieser oder jener Zweck zu erreichen sein möchte, und dafür sich alle denklichen Argumente verdeutlicht und geordnet, fühlen sich höchst unangenehm betroffen, wenn diejenigen, die zu eignem Glücke mitwirken sollten, völlig andern Sinnes gefunden werden und aus Gründen, die tief im Herzen ruhen, sich demjenigen widersetzen, was so löblich als nötig ist. Man wechselte Reden, ohne sich zu überzeugen; das Verständige wollte nicht in das Gefühl eindringen, das Gefühlte wollte sich dem Nützlichen, dem Notwendigen nicht fügen; das Gespräch erhitzte sich, die Schärfe des Verstandes traf das schon verwundete Herz, das nun nicht mehr mäßig, sondern leidenschaftlich seinen Zustand an den Tag gab, so daß zuletzt die Mutter selbst vor der Hoheit und Würde des jungen Mädchens erstaunt zurücktrat, als sie mit Energie und Wahrheit das Unschickliche, ja Verbrecherische einer solchen Verbindung hervorhob.

In welcher Verwirrung die Baronin zu dem Bruder zurückkehrte, läßt sich denken, vielleicht auch, wenngleich nicht vollkommen, nachempfinden, wie der Major, der, von dieser entschiedenen Weigerung im Innersten geschmeichelt, zwar hoffnungslos, aber getröstet vor der Schwester stand, sich von jener Beschämung entwunden und so dieses Ereignis, das ihm zur zartesten Ehrensache geworden war, in seinem Innern ausgeglichen fühlte. Er verbarg diesen Zustand augenblicklich seiner Schwester und versteckte seine schmerzliche Zufriedenheit hinter eine in diesem Falle ganz natürliche Äußerung: man müsse nichts übereilen, sondern dem guten Kinde Zeit lassen, den eröffneten Weg, der sich nunmehr gewissermaßen selbst verstünde, freiwillig einzuschlagen.

Nun aber können wir kaum unsern Lesern zumuten, aus diesen ergreifenden inneren Zuständen in das Äußere überzugehen, worauf doch jetzt so viel ankam. Indes die Baronin ihrer Tochter alle Freiheit ließ, mit Musik und Gesang, mit Zeichnen und Sticken ihre Tage angenehm zu verbringen, auch mit Lesen und Vorlesen sich und die Mutter zu unterhalten, so beschäftigte sich der Major bei eintretendem Frühjahr, die Familienangelegenheiten in Ordnung zu bringen; der Sohn, der sich in der Folge als einen reichen Besitzer und, wie er gar nicht zweifeln konnte, als glücklichen Gatten Hilariens erblickte, fühlte nun erst ein militärisches Bestreben nach Ruhm und Rang, wenn der androhende Krieg hereinbrechen sollte. Und so glaubte man in augenblicklicher Beruhigung als gewiß vorauszusehen, daß dieses Rätsel, welches nur noch an eine Grille geknüpft schien, sich bald aufhellen und auseinanderlegen würde.

Leider aber war in dieser anscheinenden Ruhe keine Beruhigung zu finden. Die Baronin wartete tagtäglich, aber vergebens, auf die Sinnesänderung ihrer Tochter, die zwar mit Bescheidenheit und selten, aber doch, bei entscheidendem Anlaß, mit Sicherheit zu erkennen gab, sie bleibe so fest bei ihrer Überzeugung, als nur einer sein kann, dem etwas innerlich wahr geworden, es möge nun mit der ihn umgebenden Welt in Einklang stehen oder nicht. Der Major empfand sich zwiespältig; er würde sich immer verletzt fühlen, wenn Hilarie sich wirklich für den Sohn entschiede; entschiede sie sich aber für ihn selbst, so war er ebenso überzeugt, daß er ihre Hand ausschlagen müsse.

Bedauern wir den guten Mann, dem diese Sorgen, diese Qualen wie ein beweglicher Nebel unablässig vorschwebten, bald als Hintergrund, auf welchem sich die Wirklichkeiten und Beschäftigungen des dringenden Tages hervorhoben, bald herantretend und alles Gegenwärtige bedeckend. Ein solches Wanken und Schweben bewegte sich vor den Augen seines Geistes; und wenn ihn der fordernde Tag zu rascher, wirksamer Tätigkeit aufbot, so war es bei nächtlichem Erwachen, wo alles Widerwärtige, gestaltet und immer umgestaltet, im unerfreulichsten Kreis sich in seinem Innern umwälzte. Dies ewig wiederkehrende Unabweisbare brachte ihn in einen Zustand, den wir fast Verzweiflung nennen dürften, weil Handeln und Schaffen, die sich sonst als Heilmittel für solche Lagen am sichersten bewährten, hier kaum lindernd, geschweige denn befriedigend wirken wollten.

In solcher Lage erhielt unser Freund von unbekannter Hand ein Schreiben mit Einladung in das Posthaus des nahe gelegenen Städtchens, wo ein eilig Durchreisender ihn dringend zu sprechen wünschte. Er, bei seinen vielfachen Geschäfts- und Weltverhältnissen an dergleichen gewöhnt, säumte um so weniger, als ihm die freie, flüchtige Hand einigermaßen erinnerlich schien. Ruhig und gefaßt nach seiner Art begab er sich an den bezeichneten Ort, als in der bekannten, fast bäuerischen Oberstube die schöne Witwe ihm entgegentrat, schöner und anmutiger, als er sie verlassen hatte. War es, daß unsere Einbildungskraft nicht fähig ist, das Vorzüglichste festzuhalten und völlig wieder zu vergegenwärtigen, oder hatte wirklich ein bewegterer Zustand ihr mehreren Reiz gegeben, genug, es bedurfte doppelter Fassung, sein Erstaunen, seine Verwirrung unter dem Schein allgemeinster Höflichkeit zu verbergen; er grüßte sie verbindlich mit verlegener Kälte.

»Nicht so, mein Bester!« rief sie aus, »keineswegs hab' ich Sie dazu zwischen diese geweißten Wände, in diese höchst unedle Umgebung berufen; ein so schlechter Hausrat fordert nicht auf, sich höfisch zu unterhalten. Ich befreie meine Brust von einer schweren Last, indem ich sage, bekenne: in Ihrem Hause hab' ich viel Unheil angerichtet.« – Der Major trat stutzend zurück. – »Ich weiß alles«, fuhr sie fort, »wir brauchen uns nicht zu erklären; Sie und Hilarien, Hilarien und Flavio, Ihre gute Schwester, Sie alle bedaure ich.« Die Sprache schien ihr zu stocken, die herrlichsten Augenwimpern konnten hervorquellende

Tränen nicht zurückhalten, ihre Wange rötete sich, sie war schöner als jemals. In äußerster Verwirrung stand der edle Mann vor ihr, ihn durchdrang eine unbekannte Rührung. »Setzen wir uns«, sagte, die Augen trocknend, das allerliebste Wesen. »Verzeihen Sie mir, bedauern Sie mich, Sie sehen, wie ich bestraft bin.« Sie hielt ihr gesticktes Tuch abermals vor die Augen und verbarg, wie bitterlich sie weinte.

»Klären Sie mich auf, meine Gnädige«, sprach er mit Hast. – »Nichts von gnädig!« entgegnete sie himmlisch lächelnd, »nennen Sie mich Ihre Freundin, Sie haben keine treuere. Und also, mein Freund, ich weiß alles, ich kenne die Lage der ganzen Familie genau, aller Gesinnungen und Leiden bin ich vertraut.« – »Was konnte Sie bis auf diesen Grad unterrichten?« – »Selbstbekenntnisse. Diese Hand wird Ihnen nicht fremd sein.« Sie wies ihm einige entfaltete Briefe hin. – »Die Hand meiner Schwester, Briefe, mehrere, der nachlässigen Schrift nach vertraute! Haben Sie je mit ihr in Verhältnis gestanden?« – »Unmittelbar nicht, mittelbar seit einiger Zeit; hier die Aufschrift: ›An ***.‹« –

»Ein neues Rätsel: An Makarien, die schweigsamste aller Frauen.« – »Deshalb aber auch die Vertraute, der Beichtiger aller bedrängten Seelen, aller derer, die sich selbst verloren haben, sich wiederzufinden wünschten und nicht wissen wo.« – »Gott sei Dank!« rief er aus »daß sich eine solche Vermittlung gefunden hat, mir wollt' es nicht ziemen, sie anzuflehen, ich segne meine Schwester, daß sie es tat; denn auch mir sind Beispiele bekannt, daß jene Treffliche, im Vorhalten eines sittlich-magischen Spiegels, durch die äußere verworrene Gestalt irgendeinem Unglücklichen sein rein schönes Innere gewiesen und ihn auf einmal erst mit sich selbst befriedigt und zu einem neuen Leben aufgefordert hat.« –

»Diese Wohltat erzeigte sie auch mir«, versetzte die Schöne; und in diesem Augenblick fühlte unser Freund, wenn es ihm auch nicht klar wurde, dennoch entschieden daß aus dieser sonst in ihrer Eigenheit abgeschlossenen merkwürdigen Person sich ein sittlich-schönes, teilnehmendes und teilgebendes Wesen hervortat. – »Ich war nicht unglücklich, aber unruhig«, fuhr sie fort, »ich gehörte mir selbst nicht recht mehr an, und das heißt denn doch am Ende nicht glücklich sein. Ich gefiel mir selbst nicht mehr, ich mochte mich vor dem Spiegel zurechtrücken, wie ich wollte, es schien mir immer, als wenn ich mich zu einem Maskenball herausputzte; aber seitdem sie mir ihren Spiegel vorhielt, seit ich gewahr wurde, wie man sich von innen selbst schmücken könne, komm' ich mir wieder recht schön vor.« Sie sagte das zwischen Lächeln und Weinen und war, man mußte es zugeben, mehr als liebenswürdig. Sie erschien achtungswert und wert einer ewigen treuen Anhänglichkeit.

»Und nun, mein Freund, fassen wir uns kurz: hier sind die Briefe! sie zu lesen und wieder zu lesen, sich zu bedenken, sich zu bereiten, bedürften Sie allenfalls einer Stunde, mehr, wenn Sie wollen; alsdann werden mit wenigen Worten unsere Zustände sich entscheiden lassen.«

Sie verließ ihn, um in dem Garten auf und ab zu gehen; er entfaltete nun einen Briefwechsel der Baronin mit Makarien, dessen Inhalt wir summarisch andeuten. Jene beklagt sich über die schöne Witwe. Wie eine Frau die andere ansieht und scharf beurteilt, geht hervor. Eigentlich ist nur vom Äußern und von Äußerungen die Rede, nach dem Innern wird nicht gefragt.

Hierauf von seiten Makariens eine mildere Beurteilung. Schilderung eines solchen Wesens von innen heraus. Das Äußere erscheint als Folge von Zufälligkeiten, kaum zu tadeln, vielleicht zu entschuldigen. Nun berichtet die Baronin von der Raserei und Tollheit des Sohns, der wachsenden Neigung des jungen Paars, von der Ankunft des Vaters, der entschiedenen Weigerung Hilariens. Überall finden sich Erwiderungen Makariens von reiner Billigkeit, die aus der gründlichen Überzeugung stammt, daß hieraus eine sittliche Besserung entstehen müsse. Sie übersendet zuletzt den ganzen Briefwechsel der schönen Frau, deren himmelschönes Innere nun hervortritt und das Äußere zu verherrlichen beginnt. Das Ganze schließt mit einer dankbaren Erwiderung an Makarien.

Biographie

1749 *28. August:* Johann Wolfgang Goethe wird in Frankfurt am Main als Sohn des Kaiserlichen Rates Dr. jur. Johann Caspar Goethe und seiner Frau Catharina Elisabeth, geb. Textor, geboren. Die Eltern legen großen Wert auf die Ausbildung Goethes. Bereits früh erhält er Privatunterricht in Latein, Griechisch, Englisch und Italienisch sowie im Schönschreiben.

1750 *Dezember:* Geburt der Schwester Cornelia.

1757 Erste literarische Versuche.

1764 *April:* Goethe erlebt als Zuschauer die Kaiserkrönung Josephs II. in Frankfurt.

1765 *Oktober:* Goethe immatrikuliert sich in Leipzig zum Jurastudium. Außerdem hört er Vorlesungen in Philosophie und Philologie, unter anderem bei Christian Fürchtegott Gellert und Johann Christoph Gottsched.
Dezember: Beginn des Zeichenunterrichts bei Adam Friedrich Oeser, der ihn zugleich mit den Ideen Johann Joachim Winckelmanns vertraut macht.

1766 Liebesbeziehung zu Anna Katharina (Käthchen) Schönkopf.

1767 Erste Arbeit am Schäferspiel »Die Laune des Verliebten« (private Uraufführung 1779, öffentliche Erstaufführung 1805, Erstdruck 1806).

1768 *Frühjahr:* Aufenthalt in Dresden.
Ende der Liebesbeziehung zu Käthchen Schönkopf.
Juli: Goethe erleidet einen Blutsturz.
August–September: Reise von Leipzig nach Frankfurt am Main.
Dezember: Schwere Krankheit mit lebensgefährlicher Krise. Es folgt eine längere Periode der Rekonvaleszenz.

1769 Beschäftigung mit Fragen der Kunsttheorie, vor allem setzt Goethe sich mit Gotthold Ephraim Lessings »Laokoon« und Johann Gottfried Herders »Kritischen Wäldern« auseinander.

1770 Goethe entschließt sich, das Studium in Straßburg und – nach der Promotion – in Paris fortzusetzen.
April: Goethe schreibt sich in Straßburg zum Jurastudium ein. Allerdings interessiert er sich wenig für die Rechtswissenschaften, sondern hört vor allem medizinische Vorlesungen über

Anatomie und Chirurgie, daneben beschäftigt er sich mit Geschichte und Staatswissenschaften.

Oktober: Erster Besuch in Sesenheim. Bekanntschaft mit Friederike Brion, der Tochter des dortigen Pfarrers.

Bekanntschaft mit Johann Gottfried Herder, der tiefen Einfluss auf Goethe ausübt.

1771 Bekanntschaft mit Jakob Michael Reinhold Lenz, der als Hofmeister zweier kurländischer Edelleute nach Straßburg kommt.

August: Goethe wird zum Lizentiaten der Rechte promoviert. Anschließend Rückkehr nach Frankfurt am Main, wo er beim Schöffengericht als Rechtsanwalt zugelassen wird.

November: Niederschrift der »Geschichte Gottfriedens von Berlichingen mit der eisernen Hand dramatisiert« (Erstdruck 1832).

1772 *Januar:* Bekanntschaft mit dem Kriegszahlmeister und Schriftsteller Johann Heinrich Merck und dem Darmstädter Zirkel der Empfindsamen.

Intensive Mitarbeit an den »Frankfurter Gelehrten Anzeigen«.

Mai: Goethe wird Praktikant am Reichskammergericht in Wetzlar.

Bekanntschaft mit Charlotte Buff.

Fertigstellung des Hymnus »Von deutscher Baukunst«, der gemeinsam mit Aufsätzen von Herder innerhalb des Sammelbandes »Von deutscher Art und Kunst« erscheint.

September: Goethe verlässt Wetzlar und wandert nach Ems. Anschließend Besuch bei Sophie von La Roche in Thal-Ehrenbreitenstein.

Bekanntschaft mit Johanna Katharina Sybilla Fahlmer.

Reisen nach Wetzlar und Darmstadt.

Vermutlich am Ende des Jahres beginnt Goethe mit der Niederschrift der ersten Szenen zum »Faust«, an dessen Urfassung er bis 1775 arbeitet.

1773 Aufenthalt in Darmstadt.

November: Hochzeit der Schwester Cornelia mit Johann Georg Schlosser und deren Umzug nach Emmendingen.

Goethe und Merck veröffentlichen die überarbeitete Fassung des »Götz« im Selbstverlag.

1774 *Januar:* Im »Göttinger Musenalmanach« erscheinen erstmals

Gedichte von Goethe.

Innerhalb weniger Wochen verfasst Goethe den Briefroman »Die Leiden des jungen Werthers«, der im Herbst erscheint. Das von orthodoxen Theologen erwirkte Verbot wegen Gefährdung der Moral kann den Siegeszug des Romans nicht aufhalten, der mit zahllosen Neuauflagen, Raubdrucken und Imitationen zu Goethes einzigem Erfolgswerk auf dem literarischen Markt wird. Ein regelrechtes Werther-Fieber erfasst die junge Generation.

Beginn der Briefwechsels mit Gottfried August Bürger, Johann Caspar Lavater und Friedrich Gottlieb Klopstock.

Freundschaft mit Friedrich Maximilian Klinger.

April: Das Drama »Götz von Berlichingen mit der eisernen Hand« wird in Berlin uraufgeführt.

Frühsommer: Konzeption des Trauerspiels »Egmont«.

Fertigstellung des Trauerspiels »Clavigo« in einer knappen Woche (Buchausgabe im gleichen Jahr).

Sommer: Lahn- und Rheinreise mit Johann Kaspaar Lavater und Johann Bernhard Basedow.

In Elberfeld Zusammentreffen mit Johann Heinrich Jung-Stilling, Johann Georg Jacobi, Wilhelm Heinse und Friedrich Heinrich Jacobi.

Oktober: Goethe lernt Klopstock kennen.

Erste Begegnung mit Erbprinz Karl August von Sachsen-Weimar-Eisenach in Frankfurt am Main.

1775   Bekanntschaft mit Maler Müller.

Liebesbeziehung zu Lili Schönemann.

Februar: Goethe schreibt das Schauspiel »Stella« (Buchausgabe 1776).

April: Verlobung mit Lili Schönemann.

Mai: Erste Reise in die Schweiz (bis Juli).

September: Herzog Karl August übernimmt die Regierung des Herzogtums Sachsen-Weimar-Eisenach und lädt Goethe nach Weimar ein.

Oktober: Lösung des Verlöbnisses mit Lili Schönemann.

November: Ankunft in Weimar.

Bekanntschaft mit Charlotte von Stein.

1776   Beginn der Freundschaft mit Christoph Martin Wieland.

Frühjahr: Aufenthalt in Leipzig.

April: Goethe zieht in ein Gartenhäuschen an den Ilmwiesen, wo er bis Juni 1782 wohnt.

Juni: Er tritt in den weimarischen Staatsdienst ein und wird zum Geheimen Legationsrat ernannt.

Oktober: Durch Vermittlung Goethes und Wielands kommt Johann Gottfried Herder als Generalsuperintendent nach Weimar.

Dezember: Reise nach Leipzig und Wörlitz.

1777   Beginn der Arbeit an dem Roman »Wilhelm Meisters theatralische Sendung«.

Juni: Tod der Schwester Cornelia.

September–Oktober: Reisen nach Eisenach und auf die Wartburg.

November–Dezember: Goethe reitet allein durch den Harz und besteigt den Brocken.

1778   *Mai:* Reise mit Herzog Karl August über Leipzig und Wörlitz nach Berlin und Potsdam.

September: Aufenthalte in Erfurt, Eisenach, Wilhelmsthal, auf der Wartburg und in Jena.

Dezember: Wiederaufnahme der Arbeit an dem Trauerspiel »Egmont«.

1779   *Januar:* Goethe übernimmt die Leitung der Kriegs- und der Wegebaukommission (bis zum Antritt der italienischen Reise 1786).

März: Goethe schließt die Arbeit an der ersten Fassung des Dramas »Iphigenie auf Tauris« ab, das im April in Weimar uraufgeführt wird. Goethe übernimmt dabei die Rolle des Orests.

September: Goethe wird zum Geheimen Rat ernannt.

Zweite Reise in die Schweiz mit Karl August über Kassel (Treffen mit Georg Forster). In Zürich wohnt Goethe bei Lavater. Treffen mit Johann Jakob Bodmer.

Dezember: Rückreise über Stuttgart, Karlsruhe, Mannheim, Frankfurt und Darmstadt.

1780   *Mai:* Aufenthalt in Erfurt.

Sommer: Fertigstellung des Dramas »Die Vögel. Nach dem Aristophanes« (Buchausgabe 1787).

August: Uraufführung der »Vögel« in Ettersburg.

Oktober: Beginn der Ausarbeitung des »Torquato Tasso«.

1781 Teilnahme an der Weimarer Hofgesellschaft in Tiefurt.

Oktober: In Jena hört Goethe Vorlesungen über Anatomie.

November: Goethe beginnt, im »Freien Zeichen-Institut« Anatomievorträge zu halten.

Dezember: Reisen nach Gotha, Eisenach und Erfurt.

1782 *März:* Goethe reist als Abgesandter des Herzogs an die thüringischen Höfe.

April: Kaiser Joseph II. erhebt Goethe in den Adelsstand.

Mai: Tod des Vaters.

Juni: Einzug in das Haus am Frauenplan.

Nach Entlassung des Kammerpräsidenten Johann August Alexander von Kalb übernimmt Goethe die Leitung der Finanzverwaltung.

Dezember: Aufenthalte in Erfurt, Neunheiligen, Dessau und Leipzig.

1783 *Februar:* Goethe wird in den Illuminatenorden aufgenommen.

Aufenthalte in Ilmenau, Jena, Erfurt, Gotha und Wilhelmsthal.

September–Oktober: Zweite Reise in den Harz, nach Göttingen und nach Kassel.

1784 *März:* Goethe entdeckt in Jena den Zwischenkieferknochen am menschlichen Obergebiss.

August: Dritte Reise in den Harz.

September: Friedrich Heinrich Jacobi besucht Goethe.

1785 *März:* Beginn der Studien zur Botanik.

Juni–August: Reise durch das Fichtelgebirge nach Karlsbad mit Karl Ludwig von Knebel. Erster Kuraufenthalt in Karlsbad, dort Zusammentreffen mit Frau von Stein und Johann Gottfried Herder.

Abschluß des Romans »Wilhelm Meisters theatralische Sendung« (der ersten Fassung des Romans »Wilhelm Meisters Lehrjahre«).

1786 *Juli–August:* Zweiter Aufenthalt in Karlsbad.

September: Goethe bricht heimlich von Karlsbad nach Italien auf. Zunächst reist er über München, Innsbruck, Verona und Padua nach Venedig, wo er zwei Wochen bleibt.

Oktober: Weiterreise über Bologna und Florenz nach Rom.

Dezember: Abschluss der endgültigen Fassung des Dramas »Iphigenie auf Tauris« (erscheint 1787 in den »Schriften«).

1787   *Februar:* Abreise nach Neapel und Sizilien.

März: Goethe besteigt den Vesuv und besucht Pompeji mit Johann Heinrich Wilhelm Tischbein.

August: Abschluss der Arbeit am Drama »Egmont«.

Bei Georg Joachim Göschen in Leipzig beginnt die erste rechtmäßige Ausgabe von Goethes »Schriften« (8 Bände, 1787–90) zu erscheinen.

1788   *April:* Abschied von Rom.

Juni: Goethe kehrt nach Weimar zurück.

Juli: Zunehmende Entfremdung zwischen Goethe und Charlotte von Stein seit Goethes Rückkehr.

Beginn der Liebesbeziehung zu Christiane Vulpius.

Goethe löst die Beziehung zu Charlotte von Stein.

September: Erste Begegnung mit Friedrich Schiller in Rudolstadt.

1789   *September:* Goethe reist nach Aschersleben und in den Harz.

Dezember: Bekanntschaft mit Wilhelm von Humboldt.

Geburt des Sohnes Julius August Walther.

Goethe beendet die Arbeit an dem Drama »Torquato Tasso« (erscheint 1790 in den »Schriften«).

1790   *Januar:* Abschluss der Umarbeitung von »Faust. Ein Fragment« (erscheint in den »Schriften« sowie selbstständig).

März–Mai: Aufenthalt in Venedig.

Juli: Goethe reist nach Schlesien in das preußische Feldlager, nach Krakau und Czenstochau.

Oktober: Rückkehr nach Weimar.

»Die Metamorphose der Pflanzen« (naturwissenschaftliche Schrift).

1791   *Januar:* Goethe übernimmt die Leitung des Weimarer Hoftheaters.

März: Das Drama »Egmont« wird in Weimar uraufgeführt.

1792   *August–Oktober:* Goethe nimmt im Gefolge des Herzogs Karl August am Feldzug gegen das revolutionäre Frankreich teil.

November: Aufenthalt in Düsseldorf bei Friedrich Heinrich Jacobi.

Dezember: Goethe besucht die Fürstin Gallitizin in Münster.

Die zweite Werkausgabe, »Goethes neue Schriften«, erscheint bei Johann Friedrich Unger in Berlin (7 Bände, 1792–1800).

1793   *April:* In wenigen Tagen schreibt Goethe das Lustspiel »Der Bürgergeneral«.

Mai–Juli: Aufenthalt in Mainz als Beobachter bei der Belagerung der Stadt.

Entstehung des Versepos »Reineke Fuchs« (erscheint 1794 in den »Neuen Schriften«).

November: Geburt der Tochter Caroline, die kurz darauf stirbt.

1794   *August:* Ein Brief Schillers mit einer Charakteristik von Goethes Geistesart leitet die Freundschaft und Zusammenarbeit der beiden Schriftsteller ein.

Oktober: Goethe stimmt Schillers philosophisch-ästhetischer Abhandlung »Über die ästhetische Erziehung des Menschen in einer Reihe von Briefen« zu.

Verkehr im Kreise der Jenaer Professoren.

Goethe beendet seine Novellendichtung »Unterhaltungen deutscher Ausgewanderten«, die 1795/97 in Schillers Zeitschrift »Die Horen« erscheint.

1795   *Juli–August:* Kuraufenthalt in Karlsbad.

»Wilhelm Meisters Lehrjahre« (1.–4. Band).

1796   *Mai:* Bekanntschaft mit August Wilhelm Schlegel.

Goethe schließt die Arbeit an dem Versepos »Hermann und Dorothea« ab (erscheint im folgenden Jahr).

Gemeinsame Arbeit mit Schiller am »Musen-Almanach für das Jahr 1797« (erscheint September 1796), dem so genannten »Xenien-Almanach«.

Beginn der Verbindung mit Carl Friedrich Zelter in Berlin, aus der bald eine tiefe Freundschaft erwächst.

Der singuläre »Briefwechsel zwischen Goethe und Zelter in den Jahren 1796 bis 1832« (6 Bände, 1833–34) wird nach dem Tod beider Freunde von Friedrich Wilhelm Riemer ediert.

1797   *März:* Bekanntschaft mit Friedrich Schlegel.

Schiller vermittelt die Bekanntschaft mit Johann Friedrich Cotta in Tübingen, der in den folgenden Jahrzehnten Goethes Hauptverleger wird.

Gemeinsame Arbeit mit Schiller am »Musen-Almanach für das Jahr 1798« (erscheint Oktober 1797), dem so genannten

»Balladen-Almanach«.

August: Goethe reist in die Schweiz.

Dezember: Goethe übernimmt die Oberaufsicht über die Bibliothek und das Münzkabinett in Weimar.

Arbeit an der Neufassung des »Faust«.

1798   *März:* Goethe lernt Novalis kennen.

Juni: Fertigstellung der Elegie »Die Metamorphose der Pflanzen«.

Oktober: Die von Goethe herausgegebene Kunstzeitschrift »Propyläen« beginnt zu erscheinen (1798–1800).

1799   Erste Kunstausstellung der Weimarer Kunstfreunde.

3. Dezember: Schiller siedelt von Jena nach Weimar über.

1800   *April:* Reise mit Herzog Karl August nach Leipzig und Dessau.

1801   *Januar:* Goethe erkrankt an Gesichtsrose.

Juni: Reise mit dem Sohn August zur Kur nach Pyrmont. Aufenthalte in Göttingen und Kassel.

Oktober: Georg Wilhelm Friedrich Hegel besucht Goethe in Weimar.

1802   Goethe hält sich häufig in Jena auf.

Januar: Besuch von Friedrich de la Motte Fouqué.

Februar: Erster Besuch von Zelter in Weimar.

Juni/Juli: Aufenthalte in Lauchstädt, Halle und Giebichenstein.

Dezember: Geburt der Tochter Kathinka, die bald darauf stirbt.

1803   *Mai:* Reise nach Lauchstädt, Halle, Merseburg und Naumburg.

September: Friedrich Wilhelm Riemer wird Hauslehrer von Goethes Sohn.

November: Goethe übernimmt die Oberaufsicht über die naturwissenschaftlichen Institute der Universität Jena.

1804   *August–September:* Aufenthalte in Lauchstädt und Halle.

September: Goethe wird zum Wirklichen Geheimen Rat mit dem Prädikat Exzellenz ernannt.

1805   Mehrmalige schwere Erkrankung Goethes (Nierenkolik).

9. Mai: Tod Schillers.

Juli–September: Aufenthalte in Lauchstädt.

August: In einem Artikel in der »Jenaischen Allgemeinen Literatur-Zeitung« spricht sich Goethe gegen die romantische Kunst aus.

Reise nach Magdeburg und Halberstadt.

Besuch in Jena, Zusammentreffen mit Achim von Arnim und Prinz Louis Ferdinand von Preußen.

»Winckelmann und sein Jahrhundert«.

Goethes Übersetzung von »Rameaus Neffe. Ein Dialog« von Denis Diderot erscheint.

1806 *April:* Goethe schließt »Faust. Der Tragödie Erster Teil« ab (Buchausgabe 1808).

Juni–August: Kuraufenthalt in Karlsbad.

Oktober: Heirat mit Christiane Vulpius.

1807 Erste Entwürfe zu dem Roman »Wilhelm Meisters Wanderjahre«.

April: Bettina Brentano besucht Goethe.

Mai–September: Goethe hält sich zur Kur in Karlsbad auf.

Bekanntschaft mit Minchen Herzlieb.

1808 *Mai–September:* Aufenthalte in Karlsbad und Franzensbad.

September: Tod der Mutter Goethes.

1809 Goethe schließt den Roman »Die Wahlverwandtschaften« ab (Buchausgabe im gleichen Jahr).

1810 *Mai–September:* Aufenthalte in Karlsbad, Teplitz und Dresden.

Goethes naturwissenschaftliches Hauptwerk »Zur Farbenlehre« (2 Bände) erscheint.

1811 *Mai–Juni:* In Karlsbad mit Christiane Vulpius und Friedrich Wilhelm Riemer.

Beginn der Arbeit an »Dichtung und Wahrheit«. Die ersten drei Teile erscheinen zwischen 1811 und 1813, der vierte und letzte 1833 in der Ausgabe letzter Hand.

1812 *Mai–September:* Aufenthalte in Karlsbad und Teplitz.

Begegnungen mit Ludwig van Beethoven und Kaiserin Maria Ludovica von Österreich.

1813 *April–August:* Aufenthalt in Naumburg, Dresden und Teplitz.

November: Goethe lernt Arthur Schopenhauer kennen.

Beginn der Arbeit an der »Italienischen Reise« (3 Bände, 1816–29) als Fortsetzung seines autobiographischen Werkes.

1814 *Mai–Juni:* Aufenthalt in Bad Berka bei Weimar.

Juni: Goethe schreibt die ersten Gedichte der Sammlung »Westöstlicher Divan«.

Juli–Oktober: Reise an den Rhein und den Main.

Goethe besucht die Brüder Boisserée in Heidelberg.

1815	*Mai:* Zweite Reise an Rhein und Main.
	Juli: Fahrt von Nassau nach Köln mit dem Freiherrn v. Stein.
	Dezember: Goethe wird zum Staatsminister ernannt.
	Goethe schreibt mehr als 140 Gedichte für den »West-östlichen Divan«.
1816	*6. Juni:* Nach schwerer Erkrankung stirbt Goethes Frau Christiane.
	Juli–September: Aufenthalt in Bad Tennstedt.
	Gemeinsam mit Johann Heinrich Meyer gibt Goethe die Kunstzeitschrift »Über Kunst und Altertum« (6 Bände, 1816–32) heraus.
1817	*April:* Goethe gibt die Leitung des Hoftheaters auf.
	Juni: Heirat des Sohnes August mit Ottilie von Pogwisch.
1818	*April:* Geburt des Enkels Walther.
	Juli–September: Aufenthalt in Karlsbad.
1819	Goethe beendet die Arbeit am »West-östlichen Divan« (erscheint im gleichen Jahr, erweiterte Ausgabe in 2 Bänden 1827).
	August/September: Aufenthalt in Karlsbad.
1820	*April:* Zur Kur nach Karlsbad.
	September: Geburt des Enkels Wolfgang.
1821	*Juli–September:* Aufenthalte in Marienbad und Eger.
	Goethe begegnet zum ersten Mal Ulrike von Levetzow.
1822	*Juni–August:* Aufenthalte in Marienbad und Eger.
	Goethe beendet die Niederschrift der autobiographischen Schrift »Campagne in Frankreich 1792. Belagerung von Mainz« (erscheint im gleichen Jahr).
1823	*Februar:* Goethe erkrankt an einer Herzbeutel- und Rippenfellentzündung.
	Juni: Johann Peter Eckermann besucht Goethe.
	Juli–August: Letzte Kur in Marienbad.
	August–September: Aufenthalte in Eger und Karlsbad.
1824	*Juli:* Bettina von Arnim besucht Goethe.
	Oktober: Besuch von Heinrich Heine.
1825	*Februar:* Goethe nimmt die Arbeit am »Faust II« wieder auf.
1826	*August –September:* Bettina von Arnim besucht Goethe.
	September: Besuch des Fürsten von Pückler-Muskau.
	September/Oktober: Franz Grillparzer ist für einige Tage Goethes Gast.

Dezember: Alexander und Wilhelm von Humboldt zu Besuch.

1827 *Januar:* Tod der Freundin Charlotte von Stein.

Besuche von Zelter und Hegel.

Oktober: Geburt der Enkelin Alma.

Bei Cotta in Tübingen erscheint der erste Band der Ausgabe letzter Hand (40 Bände, 1827–30, postum 20 Bände 1832–42).

1828 Besuch von Ludwig Tieck.

Juni: Tod des Großherzogs Karl August.

Juli–September: Aufenthalt auf der Dornburg.

Der »Briefwechsel zwischen Goethe und Schiller in den Jahren 1794 bis 1805« (6 Bände 1828–29) wird veröffentlicht.

1829 *Januar:* Der erste Teil des »Faust« wird in Braunschweig unter der Regie von Ernst August Friedrich Klingemann uraufgeführt. Goethe beendet die Überarbeitung seines Romans »Wilhelm Meisters Wanderjahre« (erscheint im gleichen Jahr in den »Werken«).

1830 *Februar:* Tod der Großherzogin Luise.

Mai–Juni: Der Komponist Felix Mendelssohn-Bartholdy besucht Goethe.

Oktober: Tod des Sohnes August in Rom.

November: Goethe erleidet einen Blutsturz.

1831 *Juli:* Goethe beendet die Arbeit an »Faust. Der Tragödie Zweiter Teil« (erscheint nach Goethes Tod 1832 in den »Werken«).

August: Aufenthalt in Ilmenau.

1832 *22. März:* Nach einwöchiger Krankheit stirbt Goethe.

26. März: Beisetzung in der Weimarer Fürstengruft.